Self-destructive love 3

自我毀滅的愛

Nichtigall夜鶯

Illust. ——— Junseo峻曙

Translator —— 翟云禾

Presented by Nichtigall with Junseo

Self-destructive love

CONTENTS

10 Chapter ten

安德蕾雅

克里斯走出門外後停下了腳步。

克里斯在極光醒來時，雖然沒有任何記憶，但他非常冷靜。克里斯並沒有積極地去尋找自己的過去，當醫院判定可以出院的時候，他就開始接受極光安排的異能者訓練課程。

對於剛覺醒的克里斯來說，舒緩課程比過去的記憶還要重要。克里斯認為如果極光知道自己是個不正常的異能者，可能就不會看重自己。同一期的異能者訓練生也沒有發現克里斯失去記憶，就連出院後觀察克里斯的醫生也覺得他的適應能力非常強。

克里斯可以快速恢復正常則是多虧於他身處於一個穩定的組織內。只要克里斯按照極光的規定和他們制定的方式，就可以假裝自己是一個正常人，甚至可以假裝是一名非常優秀的異能者。

但是讓克里斯擁有歸屬感的極光竟然會光明正大地犯罪，這讓他非常震驚。

克里斯也知道這麼大的組織是不可能只做正派的事情。在人類的世界裡，灰色地帶總是比黑白分明的事件多，總是不可能事事按照規定運作。

但是犯下這麼多罪行後，竟然還靠著組織的形象去掩蓋那些罪行就是另一回事了。一股幻滅感從克里斯的心底升起。

更讓克里斯覺得隱瞞烙印這件事非常地可疑。

「我剛來十一月大洲的時候還覺得游離．索伯烈夫是罪大惡極的壞人。」

製造毒品、人口販賣、剝削舒緩者……

但是克里斯進入白夜內部後才發現這裡根本沒有發生自己想像中的那些事件。

極光把游離・索伯烈夫塑造成全民公敵，並封鎖十一月大洲的那些事件，有哪些是真的呢？

「咦，你還沒走？」

蔡斯・達頓的黃眼睛閃爍著奇異的光芒走向克里斯。雖然蔡斯臉上掛著燦爛的笑容，但是克里斯對蔡斯的印象只停留在他沒完沒了地對著別人稱讚自己的弟弟，以及他在門把上通電後試圖要騙自己去觸摸門把。

「老闆說你可以離開了，要我幫你準備一下。」

蔡斯打量著克里斯低聲說道。

「嗯……我的衣服你可能穿不下，還是要借你羅建的衣服？」

羅建？

就是上次被克里斯誤認為游離的男子，克里斯和游離在前往病房路上也有遇到羅建。

「你之前在四區見過羅建，就是我身旁那位黑髮瘦高的男人。」

如果光聽蔡斯的說法，會以為克里斯只是在路上巧遇了一個朋友，但實際上克里斯卻是非常驚險地從蔡斯身邊逃走。

克里斯想起那道差點打到自己腳上的金黃色電流，忍不住嘆了一口氣。

「聽說你失去記憶了，我好心提醒你一下，羅建是個很可怕的人。」

蔡斯呵呵地笑了起來。

「老闆不喜歡碰觸到別人，所以他比較喜歡用槍，但是羅建卻可以徒手扭斷一個人的頭。」

一個看似溫和的人竟然可以扭斷別人的頭？

難怪克里斯在毒販那邊跟羅建擦肩而過的時候，感受到一股強烈的壓迫感。

「……他是強化系的異能者嗎？」

「不是，他是B級舒緩者。」

這種事情是不可能發生在極光的。

克里斯已經漸漸適應了白夜的運作方式，雖然還是有點擔心，不過他也不會排斥。

「如果他是舒緩者，那他應該不是攻擊異能者，而是攻擊一般人吧？」

「不是，羅建在面對異能者的時候會變得更加強大。只要舒緩者的體型夠強壯，然後對手不是隔空攻擊的異能者，與其派出能力不足的異能者，不如派舒緩者去對抗敵人。如果他們剛好配合率很高，那異能者一碰觸到舒緩者就會雙腿發軟。」

蔡斯雖然是格溫的雙胞胎哥哥，但他們除了長得一樣之外，實在沒有任何相似之處。

「就算異能者不會腿軟，也會避免碰觸到舒緩者，因為舒緩者有可能控制住他們。」

「那羅建在肉搏戰上應該很有優勢，因為他手腳都很長。」

「沒錯，他根本就是一頭熊，很靈活的熊。」

蔡斯喋喋不休地說，但是聽起來比之前舒服多了。之前克里斯為了聽他說話不知道死了幾萬個腦細胞。

「羅建一開始非常瘦小，時間真的過太快了。」

蔡斯皺著眉頭，手中比劃著他們第一次見面時羅建的身高，喃喃說道「那時候他只有這麼高而已吧？」

蔡斯看起來和羅建年紀差不多大，說不定有可能比羅建還年輕，但是卻在感嘆歲月無情，讓克里斯覺得非常莫名其妙。

「到了。」

蔡斯敲門後，裡面變傳來一道粗重的聲音。

「誰？」

「蔡斯和小狗狗。」

克里斯完全忽視蔡斯的調侃，克里斯覺得如果自己反駁蔡斯，反而會讓對方覺得更開心。房間裡的人似乎也跟克里斯有相同的想法，克里斯聽到裡面傳來嘆息聲。

羅建打開門出現在克里斯面前，可能是因為劉海梳下來的關係，克里斯覺得羅建雖然很高大，看起來卻不凶狠，反而給人一種很正派的感覺。

羅建的身高跟克里斯差不多，體格也很接近。光看羅建的外表，要說他是異能者也不會有人懷疑。克里斯是第一次看到羅建這種體格壯碩的舒緩者，像盧卡就是長得像一棵細長的柳樹。

「他想跟你借一套衣服，老闆說可以讓他離開。」

羅建讓出了一條路，克里斯覺得自己經過了一尊門神，才進到房間。

房間裡除了床鋪以外沒有別的家具，看起來非常冷清。如果硬要找一個特別的地方，應該就是房間有一整面的展示櫃，裡面裝滿了各式各樣的酒。

克里斯和蔡斯進到房間後，羅建關上門走到床邊拿起放在床頭櫃上的玻璃杯。

「你在喝酒？咦，是威士忌耶？」

蔡斯的聲音非常刺耳，會讓人很想把他關成靜音。克里斯搖了搖頭，當克里斯跟羅建對到眼的時候，他突然覺得羅建跟自己的想法一樣，所以克里斯又點了點頭。

羅建和克里斯打招呼時看起來非常和平，克里斯猜想自己和羅建以前的交情應該不錯，至少比那個輕浮的蔡斯好很多。

「我的衣櫃在這裡。」

蔡斯順著羅建手指的方向走過去，然後一副參加派對的樣子開始翻找著羅建的衣櫃。羅建則是拿著酒杯靠在牆壁上看蔡斯表演。

「這套太正式了、這套也很正式、這套也是……」

蔡斯翻著衣櫃裡的衣服，眉頭越皺越緊，但在克里斯眼裡那些衣服其實都長得一模一樣。

「哇賽……你怎麼會每一套衣服看起來都一模一樣？」

蔡斯想得和克里斯一樣，忍不住開口嘲諷羅建。

「要是他穿這個出去，大家遠遠看到都會知道他偷了羅建的衣服。」

「你打開旁邊的門。」

羅建拿著玻璃杯示意蔡斯。

蔡斯疑惑地拉開衣櫃旁邊的門，克里斯被裡面滿滿的武器嚇了一跳。

格鬥刀、叢林刀、鷹爪刀、開山刀、印度拳劍、蝴蝶刀、喀爾克大彎刀、戰術彈道刀、匕首、摺疊刀、捷克刀……

雖然櫃子裡面沒有槍，但是卻擺滿密密麻麻的刀具，這個櫃子比衣櫃還要精采。

櫃子的下方還放著一個帶有異國風情的紙袋。

蔡斯馬上猜到羅建為什麼說要打開櫃子，他拿起紙袋，看到裡面的東西忍不住對羅建碎念。

「老闆都把衣服準備好了，你幹嘛還要我打開衣櫃？」

「這樣才好玩嘛！」

羅建用非常淡定地表情回答蔡斯。

「既然你們拿到東西了，就離開吧！」

羅建喝一口威士忌，回到床鋪上。

「你個性真的很差耶，我們走了，明天見。」

蔡斯像是在講給羅建聽，又像是自言自語。

克里斯雖然想要再觀賞一下羅建的收藏，但是他是和蔡斯一起來的，所以也一起被趕走了。蔡斯把紙袋塞到克里斯懷中。

「這裡面有鞋子也有衣服，我看看……還有一部破解過的手機。」

「手機？」

克里斯有點吃驚地看著羅建。

「十一月大洲上又不是只有你是極光成員，這些東西有時候會在黑市出現……你拿著手機，我們才能跟你聯絡。當然你也可以跟極光聯絡，但我勸你最好不要那樣做。他們應該都知道特派員的手機序號，如果你跟他們聯絡，馬上就會被當成叛徒的。」

蔡斯做出手刀割喉嚨的姿勢對克里斯說道。

「如果離家出走的狗回家一天後就死掉的話，老闆會很傷心的。」

「游離會傷心？」

「你真的什麼都不記得了，竟然直呼老闆的名字。」

蔡斯呵呵地笑著，似乎覺得非常有趣。

克里斯猜想自己以前可能是稱呼游離為索伯烈夫先生。

「手機上安裝了定位功能，所以你記得不要關機。雖然我一點都不在乎你要去哪裡，但是老闆並不這麼想。」

蔡斯黃色的眼珠閃著精光。

「你再跑走的話，可能會被活捉回來剝掉一層皮。」

這句話有點嚇人，因此克里斯默默地點了點頭。

「我已經被下禁令了，所以我不會輕舉妄動的。」

「很好、很好，非常明智的決定。拜託你好好愛惜自己的身體，趕快恢復記憶和討喜的我來場決鬥。我好久沒有好好打一場了，覺得渾身不對勁。」

「不是還有羅建嗎？」

「我屬於遠距離戰鬥，但羅建是近身搏鬥。而且我被打傷是無所謂，但是羅建被我打傷的話，我就必須要包下他的工作。」

也就是說如果蔡斯被打傷的話，羅建就要包下蔡斯的工作。

蔡斯除了面對弟弟的事情以外，他其實是一個非常自私自利的人。

「你就待在這裡吧！」

蔡斯把克里斯帶回他這陣子住的房間後就離開了。

重新找回安靜的克里斯慢慢地拿出紙袋裡的東西。

襯衫和褲子、外套和圍巾、還有蔡斯提到的手機、以及一雙皮手套。

克里斯不自覺地拿起手套翻看，他現在一看到手套就會想到游離。

克里斯想到自己一達到完全舒緩後，游離就不管自己了，心裡不禁五味雜陳。

是游離先說要馴服自己，又摘下手套烙印了自己。克里斯從極光醒來的那瞬間到現在，他的身體裡都留著游離的烙印。

游離的舒緩課程非常甜美，雖然克里斯的腦子忘了游離的舒緩課程，但是當克里斯的身體再度接收到游離的舒緩課程時，還是出現非常愉悅的反應。

但讓克里斯感到痛苦的是……

「呃……」

克里斯一想到游離，就覺得下腹部一陣緊縮，身體發癢。

克里斯強忍住苦笑，自己一回到被游離調戲的房間就出現這種反應，讓克里斯覺得更難堪。手中皮手套的觸感讓克里斯想起了游離的愛撫。

克里斯回想起自己被關在一個沒有窗戶、也逃不出去的房間裡面，一邊接受游離的舒緩課程一邊被調戲的情景，克里斯猶豫片刻後，打開浴室的門走了進去。

克里斯脫下衣服，慢慢地撫摸自己的生殖器，微微勃起的生殖器帶有一絲溫熱感。雖然克里斯現在不像之前接受舒緩課程時感受到一股無法控制的愉悅感，但仍然有一股快感在身體裡蔓延開來。

「呃呃，哼！」

克里斯的手越動越快，並感覺到乾燥的浴室空氣中沉浸著一股興奮感，克里斯不由自主地模仿起游離愛撫自己的方式。

克里斯的生殖器漸漸變硬，並慢慢腫大，握住生殖器的手掌也開始感覺到痠痛。

克里斯現在就像被溫水煮的青蛙一樣，漸漸地被興奮感吞噬。

「好舒、哼呃、啊！哼……！」

克里斯自慰過很多次，但這次卻感到非常不滿足，他用舌頭舔了舔乾燥的嘴唇。

他猜想是因為上次尿道口被游離拿東西塞住，因此用手指頭按住龜頭尖端，但感覺還是不一樣。克里斯覺得下體很癢，他突然想到了往自己肛門塞珠子和灌水的游離。

克里斯的汗水從後頸一直流到他寬闊的肩膀。

克里斯的生殖器脹得非常大，但他不敢用自己的手去觸碰下方的洞穴，所以只好不斷搓揉著生殖器。克里斯腫脹的下半身還想尋求更強烈的刺激，他忍不住發出了叫喊聲。

「唔！」

克里斯在毫無心理準備下突然射精，浴室裡瀰漫著栗子花的香味。但此刻克里斯不知所措地看著噴在磁磚上的白色液體。

雖然已經高潮了，卻還是不滿足，不過克里斯也不敢再刺激自己的生殖器。

克里斯蹣跚地站起身，拿起蓮蓬頭把精液沖洗乾淨。

『我一定要趕快離開這裡。』

他的身體正在產生變化，雖然克里斯不是一個非常細心的人，但是他認為自己不適合繼續待在這個總是讓自己高潮的房間裡。

他穿上衣服，打開浴室的門正要走出去時卻嚇了一跳，因為游離正坐在房間的床舖上。

克里斯完全沒有發現有人進來。

「看來羅建對你很好。」

游離把紙袋裡的東西拿出來擺放整齊，仔細看了一遍紙袋裡的東西後，將視線轉到克里斯身上。

「早知道你會這樣，我就叫他一起準備貞操帶了。」

克里斯的頭髮在滴水，他覺得自己在浴室發生的事情好像被游離發現了。他暗自期盼精液的味道已經被沖洗乾淨。

「等我離開這裡就不會這樣了。」

「真的嗎？」

游離一直盯著克里斯看，那個平常都是很正經的男人現在卻全身溼漉漉又衣冠不整……

游離非常清楚克里斯的身體是多麼有魅力，如果文藝復興時期的雕刻大師作品有存留下來的話，應該就像克里斯的身材一樣完美。

很可惜游離沒有機會親自比較看看，舊時代人類所珍藏的藝術品應該都深埋在某塊地區或某片海洋之中。

「我突然不想讓你離開了。」

克里斯知道游離不是因為對自己有感情，而是對自己有著強烈佔有欲。克里斯不斷告訴自己不要再有任何期待了。

「我會回來的。」

克里斯還有非常多疑問。

過去的自己，也就是克里斯·丹尼爾對游離的執念應該非常深刻。那樣的丹尼爾不太可能失去所有的記憶後，還這麼剛好地成為極光的成員。

游離似乎懷疑極光是整件事的幕後策畫者……但是克里斯卻不這麼認為。

『如果我是丹尼爾的話。』

克里斯在白夜發現一件事情，那就是游離的敵人是極光。那絕對不是單純的利益衝突，白夜的成員和極光是無法和平相處的。

游離的目的不是做善事或是救助他人，他是在為戰爭提前做準備。

那場戰爭不是黑手黨之間的戰爭，而是和極光的正面對戰。

只要來一趟白夜就可以發現的事情，克里斯．丹尼爾會不知道嗎？克里斯可是從一開始就跟在游離身邊，也是游離最親近的異能者助手。

克里斯心裡默默有一個想法，克里斯．丹尼爾在失去記憶前可能是想為了游離在極光中做點什麼事。

「你還是沒有辦法使用超能力嗎？」

游離開口問道。

「通常異能者身上的問題都可以經由舒緩課程解決。」

游離慢慢地脫下手套，雖然游離的動作很慢，但奇怪的是克里斯彷彿知道接下來會發生什麼事情。

「換句話說，如果舒緩課程無法解決的話……就表示問題有點棘手。」

克里斯吞了一口口水。

「跪下。」

克里斯看到游離朝著自己動動手指頭，他只好慢慢地靠近游離。他看起來像是一隻要去捉捕獵物的野獸，也像是被拖往刑場的囚犯。

噗通一聲，克里斯一跪下，游離就抬起克里斯的下巴。

幸好游離觸碰克里斯的手依舊戴著手套。

克里斯自然而然地看向游離裸露的雪白肌膚，游離似乎看穿了克里斯，他低聲說道。

「看來你現在很想要？」

克里斯覺得口乾舌燥，可能是因為克里斯想起自己剛才自慰的事情。

「你應該不會又突然改變想法，打算聽他們的話吧？」

游離知道克里斯的心意還沒有非常堅決，但是克里斯已經答應自己要去找阿納斯塔西亞，克里斯一直以來都是非常信守承諾的人。

「但是你不要忘了其他舒緩者是無法帶給你那種感覺的。」

游離巧妙地釋出一些舒緩能量包圍住克里斯，克里斯深吸了一口氣，半閉著雙眼。游離沒戴手套的手捧住了克里斯的臉頰。

游離這次的舒緩課程和之前不一樣，沒有那種想要征服克里斯的感覺，也沒有讓克里斯感到興奮。這次的舒緩能量非常平和及溫柔，就像在照護著一個蒼老又衰退的身心靈。

克里斯差點誤會這是真實的情感。

『我真搞不懂。』

克里斯睜著朦朧的雙眼邊看著游離邊這麼想著。

現在服從於游離是因為身上烙印著過去的本能，還是因為克里斯此刻的情緒呢？

但他知道自己對游離的欲望都是真實的。

所有異能者異口同聲說的本能，就是他們擁有想要吞噬掉舒緩者的欲望。

如果游離再柔弱一點會怎麼樣呢？如果游離給克里斯一點點機會的話……

「你會需要我嗎？」

就算克里斯是怪物，但如果游離需要克里斯，克里斯是可以奉獻一切的。

「需要？」

游離好像是聽到什麼笑話一樣說道。

「你果然還是一樣愚蠢。」

游離鬆開克里斯的臉頰，抓住他的衣領讓他靠近自己。

近到嘴唇似乎要碰觸在一起。

「你不需要為我做任何事。」

游離成功地讓白夜沒有克里斯依然可以正常運作，游離一個人就可以清除眼前任何障礙物，也可以摧毀任何宿敵。

游離對克里斯只有一個要求。

那隻可恨的狗不能忘記自己欠的債而逃跑。

「那你為什麼不乾脆當作是你遺棄我，不要管我就好？」

克里斯帶著埋怨的口氣問道，因為克里斯還不瞭解丹尼爾這個人，所以他無法承認自己是丹尼爾。雖然克里斯無法否認自己的所見所聞總是把自己和丹尼爾連在一起。

克里斯就像一見鍾情般地追尋著游離，而他現在才知道那叫做烙印。

結果克里斯的初戀還沒開始就失戀了，在他還沒傾吐自己的心意前，就已經被馴服了。

雖然克里斯整顆心都沉醉在游離的舒緩課程裡，但克里斯非常清楚游離僅僅是為了舒緩課程而已。

有潔癖的游離是不可能跟一條狗混在一起的。

「你竟然要我拋棄我的狗?你覺得我有這麼刻薄嗎?也對，你跟羅森豪爾那邊的人混久了，也變得跟他們一樣壞心。」

游離批評羅森豪爾和極光，然後鬆開抓住克里斯的手說道。

「你不要以為你可以逃離這裡，我一點都不想和羅森豪爾一起共享你，極光那裡也沒有人幫得了你。」

克里斯揉了揉脖子說道。

「我頭腦裡已經被下禁令了，你覺得我還能逃到哪裡去？」

「誰知道？因為你有一次離家出走的前科。」

游離的眼神變得很銳利，克里斯似乎也早猜到游離就算再忙碌也會過來找自己。

「我回不去極光了。」

克里斯大吼道。

「我帶著你給我的烙印，還能去哪裡？」

克里斯的身體不管是以前還是現在都只能從游離那裡得到滿足感，所以克里斯是不可能離開游離的。

而且克里斯也發現到極光一直以來都極度剝削精神系異能者。

『如果我也是精神系異能者的話……我應該也會被關在蜂巢網中。』

可能是克里斯的反應卻讓人覺得他在生氣，所以游離的表情變得比較緩和。雖然游離的表情變化非常細微，但克里斯還是感覺到了。

游離的手本來摸著游離的臉頰，現在摸到克里斯的嘴唇上。舒緩課程的細微變化讓克里斯跪在地上動彈不得。

這種感覺……

「要我給你什麼獎勵嗎？」

克里斯聽到游離輕柔的聲音，堅決地搖了搖頭。但是帶有性暗示的舒緩課程已經從游離的指尖傳了出來。

剛剛那種溫和舒服的感覺突然全都改變了，取而代之的是一種深入肺部的沉重感。

雖然克里斯經歷過很多次了，但是他還是不喜歡這種感覺。

「我聞到精液的味道，這不就代表你很想要嗎？」

「你不用幫我，我可以……自己解決。」

克里斯咬著牙關說道。

「我現在已經完成百分之百舒緩了，你不用勉強自己幫我做這些。」

游離突然笑了出來。

「我就說你的話怎麼變少了，原來是在想一些奇怪的事情。」

克里斯閉上嘴巴，也許這對游離來說是奇怪的事情，但是對克里斯來說卻是很重要的事情。游離不喜歡接觸其他人，所以克里斯不希望讓游離感覺到不舒服。

這種揮之不去的情緒隨著游離的一舉一動慢慢顯露出來，克里斯希望游離開心、不要感到痛苦。

而有些話克里斯說不出口，這種心癢癢、想離開又離不開的感覺一直困擾著自己。

「沒錯，你說得沒錯，我很討厭人類，尤其討厭異能者。」

游離的聲音中帶著濃濃的厭惡感。

雖然克里斯也知道這件事，但是聽到游離親口說出來，還是覺得很難過。

他咬著嘴唇，雖然游離曾經叫克里斯不要咬嘴唇，克里斯還是做不到。

「但是我並不討厭摸自己的狗。」

游離的話讓克里斯重新抬起頭來，游離嘆了一口氣，壓住克里斯的嘴唇。

「你明明知道我可以進行無接觸的舒緩課程，還要擔心那種毫無意義的事情。」

游離的語氣非常冷淡，不過游離一直壓著嘴唇到克里斯不再緊咬，他才鬆開手。

「……你以前也有幫我進行過接觸性的舒緩課程嗎？」

游離應該是感覺到克里斯的不滿稍微減弱，他減緩一些舒緩課程並回答克里斯。

「沒有，你沒有那樣要求過。」

雖然游離和克里斯共事了十年，但是游離也從來不曾主動碰觸克里斯。

游離是為了在離家出走的狗身上加上烙印才會進行接觸式舒緩課程，所以他可以忍耐那些不適感。在游離脫下手套前，那種排斥感早已深深烙印在自己身上。

游離突然想到克里斯死掉的那個晚上。

手指頭感受到的銀色毛髮觸感，以及那雙直直盯著游離，不知道游離塞了什麼東西到自己嘴巴的眼神，不、應該是說不管塞什麼東西進來都無所謂的眼神。游離還回想起聽話地含著槍管，乖乖不動的那頭野狼，突然間不再猶豫了。

游離摸著克里斯，他回想起自己早已遺忘的人類體溫。

「現在想想，你當初好像誤會了什麼。」

游離的話聽起來有指責的意味，所以克里斯忍不住笑了。這是他被抓來白夜以後第一次露出這麼輕鬆的表情。

至少在克里斯意識清醒的時候沒有這麼自在過。

「索伯烈夫先生你可能不太清楚，失去你的信任是一件多可怕的事情……」

克里斯愣住了。克里斯在不知不覺中說出自己的內心話，然後才驚覺到自己說錯話。

游離瞬間皺起眉頭，像看到怪物般地看著克里斯。雖然游離把克里斯當作一條狗，但是看到克里斯這樣發神經，游離還是會把他當成瘋子。

克里斯緊張地不知道要說什麼，這時游離開口了。

「你不要把自己當成外人，你直接叫我名字吧！」

游離的意思是叫克里斯不要叫自己索伯烈夫先生這種生疏的稱呼。

「……游離。」

克里斯呆了一下，才慢慢地吐出這兩個字。這兩個字聽起來不像星星那樣閃耀，也不像糖果般甜美。它既不像熔岩般炙熱，也不像冰塊般寒冷。克里斯本來以為自己說出這兩個字後會發生重大變化，但事實上卻沒有發生什麼事情。

但是僅僅是開口直呼游離的名字，對克里斯來說都是一項艱難的任務。

「聽起來順耳多了。」

游離的瞇起睛，他本來就不是個表情豐富的人，所以這對游離來說應該算是在微笑。

「你記住，沒有我的允許，你絕對不可以觸碰我。」

克里斯聽話地點點頭。

他在腦海裡整理了一下游離警告過的事情。

不要咬嘴唇、要直接叫游離的名字、不可以主動觸碰游離。

這些不會很困難，除了咬嘴唇這個壞習慣要多加提醒自己，其他像是叫名字還有不能主動觸碰游離只要稍微注意一下就好。

「你有找到阿納斯塔西亞的下落嗎？」

「潔西卡跟我說了舒緩藥物的特性，那些藥物應該都是從十一月大洲以外的地方運送過來的對吧？」

「沒錯，就算不是舒緩藥物，其他毒品的原物料都是生長在高溫潮溼地帶的植物，所以原產地都是在其他大洲。」

游離冷冷地表示夏季大洲上一定有某個地區有滿滿的古柯樹和罌粟花田。

夏季大洲非常繁榮，並且有許多高樓大廈。克里斯只要一想到那種地方會一區種植著毒品原料，就覺得有點奇怪。

「往來冬季大洲的飛船都受到管制，所以不可能利用空路運送毒品，那些人應該是經由船隻或是潛水艇來運送的。你知道十一月大洲上有多少個廢棄的港口嗎？」

「我們目前掌握到的有四個。」

游離叫出地圖指出其中四個位置。

「我們沒有辦法像極光那樣讓精神系異能者駭進人工衛星去俯瞰整個地球，所以也就不可能掌握所有地理位置。以冬季大洲的地形來看，這裡會有一些毫無人煙的永久凍土區，我們只能靠著主動探索去尋找那些地方。我們會把舊時代的地圖找出來，判斷地理位置後派遣人員去確認港口是否還存在。」

克里斯想到總是在二手書店內看書的游離。克里斯一開始很好奇游離為什麼開書店當老闆，克里斯當時猜想游離可能是在執行一個困難的任務，所以才需要收集很多資訊。

游離的生活真是一刻也無法停歇。

「雖然敵人有可能從港口偷渡進來，但是我們沒有辦法派遣人員守著每一個港口，因為我們白夜的人力也不是這麼充足。」

游離的聲音非常冷淡。

「再加上如果讓他們掌握我們的人數，然後有計畫性地攻過來的話，我們就必死無疑。幸虧這裡的海域都有完全結冰時期。」

這是天寒地凍所帶來的恩惠。

「如果他們一次運送大量毒品過來的話，就會非常引人注目。但是他們如果偷偷摸摸地一次運送少量物品，那就很難被發現，再加上他們也有可能是讓一般民眾幫忙運送。」

游離說這些話的時候，聲音裡似乎帶著一絲怨恨。

克里斯之前發現的廢棄港口的確沒有白夜的人駐守。

『看來吉利恩和阿帕爾納不是被游離的人抓走的。』

那就是背著游離偷偷在十一月大洲上販賣毒品的組織幹的好事。

所有壞事都是他們幹的，但卻是白夜在背黑鍋，這個做法真的是太狡猾了。失去隊友的老鴉隊，都以為是白夜幹的才非常怨恨白夜。

「你努力維持十一月大洲的治安，卻一直被誤會，難道不覺得很委屈嗎？」

「反正這也不是一兩次了，還有這不是誤會。」

游離看著克里斯，覺得他真的是太天真了。

「這是有人故意陷害我們。」

克里斯不用問也知道是誰在陷害白夜。

就是壟斷各大洲通訊網路的那個組織。

守護大家充滿希望的未來，極光。

「大概在這個位置。」

克里斯指出地圖中他所知道的港口。

「這裡有一個廢棄港口，我有兩個夥伴就是在這裡不見的‧現在看來應該是十一月大洲上販賣毒品的組織把他們綁走的。既然舒緩藥物可以控制異能者，那他們有可能還活著。」

克里斯沒辦法斷定這對他們來說是幸運還是不幸。

游離聽到克里斯提到「夥伴」，微微皺了一下眉頭，忍不住嘆了口氣。

「你只看到快被治癒的異能者，所以好像誤會了，不是所有對舒緩藥物上癮的異能者都能夠回歸日常。」

「……但至少還是有希望，懷抱希望也不是什麼壞事。」

克里斯和游離兩個人的差別就是一個已經知道聖誕老公公是假的，而另一個卻依然在聖誕樹上掛著襪子等著聖誕老公公送禮物。

「懷抱希望這件事情比你想像中還要廉價。」

游離不是憤世嫉俗，而是客觀地根據現實說出自己的意見。因為克里斯無法想像游離從以前到現在經歷過的事情，所以克里斯只能默默閉上嘴巴。

克里斯聽到的事情越多，心裡的疑惑越深。

像游離・索伯烈夫這種理智又聰明的人為什麼會把極光當作敵人呢？明明知道自己寡不敵眾，還是慢慢地累積自己的勢力創立了白夜，成為十一月大洲的掌權者。這期間游離到底遭遇過多少困難？讓游離堅持要報仇的原因之中，是否也包含了游離變得如此潔癖的原因呢……

克里斯有非常非常多疑問，但他一個都沒有問出口。

因為克里斯可以猜得到讓游離變得不對任何事懷抱希望的過程有多漫長。

「我會派人去監視那個港口，多謝你讓我多找到一個敵人的據點。」

游離突然問了克里斯一個問題。

「變成叛徒的感覺如何？」

☆☆☆

克里斯下了電車之後，慢慢走向安德蕾雅所在的就業中心。

回到外面的世界後才發現他被白夜抓走到現在才過了十五天。

『我還以為過了三個月了。』

在白夜的時間簡直是度日如年。

克里斯本來是想要先去見陽特的，但是一個失蹤的隊友突然出現在四區應該會引起大家的懷疑。所以克里斯決定先去找安德蕾雅，假裝是安德蕾雅「發現」自己的。

『安德蕾雅應該先會送我去四區，再自己去黑坑。』

雖然克里斯不知道黑坑確切的位置在哪裡，但是那裡應該就是毒品交易的地方。克里斯認為自己消失的這段期間，安德蕾雅應該調查到很多事情，她一定知道許多克里斯還不知道的事。

克里斯進到金城市中安德蕾雅所在的就業中心後，卻從職員那裡聽到一個令人吃驚的消息。

「她離開就業中心了？」

「對，安德蕾雅是一名很優秀的學員，大家都非常喜歡她。但是她申請外出後，就再也沒有回來這裡。」

雖然職員也有點驚訝，但是這裡常常發生這種事，所以職員也見怪不怪了。

事情變得越來越複雜。

「安德蕾雅沒有回來的話，她的個人物品是怎麼處理的？」

「她的舅舅過來把她的東西都拿走了，聽說那是她最親近的親戚，但我覺得他們長得一點都不像……不過他準備的資料很齊全，所以我印象很深刻。」

職員還低聲自言自語道在冬季大洲要拿到戶籍謄本真的不是一件容易的事情。

過來收拾安德蕾雅物品的人應該是陽特。如果是杰伊的話，他可以直接變成安德蕾雅的樣子，不需要裝扮成別人，也就不用繳交什麼證明文件了。

克里斯突然擔心安德蕾雅會不會跟吉利恩還有阿帕爾納一樣失蹤了。

更奇怪的是——

『為什麼不是杰伊處理，而是隊長親自出面呢？』

難道是因為他想要隱瞞隊員接連失蹤的事情嗎？

克里斯所認識的陽特．君特絕對不是那種隊長。陽特不會逃避自己的責任，反正會勇敢地面對，所以他不可能故意隱瞞安德蕾雅的行蹤……

突然間，克里斯的腦子閃過福爾圖娜的記憶。

『異能者一隊隊長。』

極光中有許多克里斯以前所不知道的非法罪行，他也不確定極光內部究竟腐壞到什麼程度。

已經對極光失去信任的克里斯，現在很容易就會懷疑極光。

雖然克里斯認為陽特一定有他的原因，但也無法不去猜測其他可能。

「謝謝。」

克里斯對職員點頭示意後走出就業中心，既然他現在不能經由安德蕾雅聯絡極光，那他只好親自去找陽特。

克里斯思考了一下自己該做的事情，他的心情突然有點複雜。

昨天晚上游離有暗示說他們追查的毒販背後主使者就是極光，但是克里斯假裝沒有聽懂那些暗示。

「……我不是在討論極光，我只是想告訴你疑似毒販的人可能會出現在哪裡。」

幸好游離沒有再進一步追問克里斯或是逼迫他，而是起身離開，讓克里斯可以好好休息準備第二天的任務。

晚上失眠的克里斯一直在說服自己極光和毒販是不同的組織。克里斯本來就在追查毒販，如果極光真的是十一月大洲毒販背後的主使者，而陽特是來幫忙的話，陽特應該會干涉克里斯的調查方向才對。

所以克里斯告訴游離港口的位置應該不算是背叛極光。

儘管克里斯這樣說服自己，他依然像個做錯事被抓到的孩子一樣，胸口一直怦怦跳。

克里斯混在人群裡搭上了前往四區的電車，他總覺得身旁路人的眼神非常犀利。但是克里斯的身上並沒有用紅字被寫上我是叛徒。

『我可以再回去極光嗎？』

克里斯覺得自己理所當然應該回到自己所屬的地方。

雖然克里斯是因為禁令所以才不得已聽游離的指示，但克里斯確實背叛了極光。不管事情怎麼發展，克里斯應該都很難繼續留在極光。

克里斯注視著窗外不斷變換的景色，電車行走時搖晃的景色映在克里斯眼中，但克里斯卻不想看到車窗上反射出自己生無可戀的眼神。

克里斯想起了極光，還有六月大洲以及它的市中心。

那裡四季如春、陽光充沛，農作物產量也非常充足。那裡還有許多在冬季大洲上很難看到的水果，人們穿著色彩鮮艷的輕便服裝在街上逛街。

對六月大洲的人來說，十一月大洲是一本沒有結局的悲慘小說，而且對於那種落後的地方竟然也住著和自己相同的人類感到有點惋惜。

然後克里斯不知道自己怎麼會走進小說中。小說中住著很多人，儘管每個人都有自己的故事，但還是很努力地生活。

克里斯曾經以為這裡只是一塊被黑手黨霸佔的地盤，裡面的人都過得很不幸，想到這點他就覺得非常慚愧。

他的腦子一片混亂，而電車已經不知不覺地來到了四區。

克里斯正在複習見到陽特後要怎麼述說自己的遭遇，身後的擦鞋匠卻攔住了他。

「客人！客人！擦一下鞋子再走吧！」

克里斯本來想假裝沒聽到，卻突然覺得這道聲音很耳熟。克里斯停下腳步轉過頭，一名臉上沾著黑色鞋油的男孩正看著克里斯。

因為他們只見過一面，所以克里斯一時想不起來男孩是誰。

「……約翰？」

克里斯喃喃自語，那個男孩是之前在小巷子裡幫克里斯帶路的孩子。

男孩假裝沒聽到克里斯叫自己，他帶著微笑對克里斯說道。

「請您過來這裡，我幫您擦鞋子。」

克里斯想到他們上次分開時鬧得有點不愉快，所以他不知道約翰為什麼會對自己這麼親切。克里斯猜想約翰可能是誤會自己是來買毒品的。

「抱歉，我現在有點急事，我等下再回來找你擦鞋好不好？」

約翰有點呆住，他看起來有點想要放棄。克里斯轉身準備離開，打算按照自己原本的計畫去找楊特。

「……您可以現在先擦鞋子嗎？」

克里斯的第六感告訴自己，他不能在這時候假裝沒聽到約翰的要求。

「那就麻煩你了。」

男孩帶著克里斯走到電車站附近的小巷子，這裡有許多正在擦鞋的孩子們。小巷子煙霧迷漫，許多人都邊抽菸邊等著孩子們擦鞋。

「這個給您，我擦鞋的時候您可以看一下報紙。」

男孩從包包裡拿出一疊報紙遞給克里斯。但是報紙卻異常沉重，克里斯盡量讓自己的表情不要產生變化。

約翰可能也是第一次做這種事，他的肩膀看起來非常緊繃。約翰轉轉眼珠，手上熟練地準備鞋油。

這些孩子不可能受過什麼專業訓練，他們就只是拚命做事而已。他們成長過程中應該到處看別人臉色，最後只能被帶到小巷子當組織的跑腿，幹一些偷拐搶騙的事情。

約翰開始擦皮鞋並說道。

「哇，您的皮鞋真的很名貴。」

約翰說話的同時，手上也開始認真擦鞋。克里斯攤開報紙假裝在看報，手裡卻緊緊抓著報紙。

約翰把要告訴克里斯的訊息隱藏在談天之中。

「上次那名紅頭髮的大姊姊。」

紅頭髮？

克里斯立刻想到安德蕾雅。克里斯呆了一下，克里斯不知道安德蕾雅是怎麼知道約翰的。但克里斯想起來他跟安德蕾雅分享毒販資訊的時候有提過約翰的事情，克里斯當時覺得這些事情對安德蕾雅應該有點幫助。

安德蕾雅應該是根據克里斯資訊找到了這名認識克里斯的男孩，也猜到克里斯總有一天會來四區的極光分部。

「她說有東西要我轉交給你，所以我一直保管著那個東西。她還說只要我在電車站這裡等，就一定會等到你的，我都已經好幾天沒有辦法好好工作了。」

「一直？你保管了多久？」

男孩精明地說明自己的損失，卻沒有令克里斯感到反感。

「我上繳了兩次錢……所以是十五天。」

這跟克里斯被抓去白夜的時間差不多。克里斯在四區差點被抓住，從山路逃走的時候，差不多就是安德蕾雅要去黑坑的時候，她應該是那時把東西交給這名男孩的。

克里斯數了數手上的鈔票。

羅建給自己的物品中有一個錢包，裡面裝了很多錢。克里斯之前完全沒想到自己會這麼快就用到錢，他不得不佩服游離設想得很周到。

克里斯看著男孩認真地擦鞋，拿出了錢包，當約翰看到十元的克萊蒂幣紙鈔時，眼睛為之一亮。

「那個姊姊後來還有來找你嗎？」

「我只有見過她那一次而已。」

克里斯邊掏錢邊問道。

「你會像上次說的那樣，之後去送報紙嗎？」

約翰露出一副自己也不太清楚的表情。

「我目前還會待在這裡……但兩三個禮拜後就不一定了。」

「你拿著這些錢去十三區的就業中心。」

克里斯把錢塞進男孩的手裡說道。

應該還沒有人知道安德蕾雅跟這個男孩打過交道，克里斯必須要在他被別人發現前把他送到其他地方。

「但是要我離開這裡……」

男孩看著黑暗的巷子深處，眼神中透露出恐懼，卻也帶著一絲渴望。在約翰的世界裡，這個小巷子就是他的全部，他有點害怕離開這裡。

「我很謝謝你接受她的拜託，但是那可能會危及你的安全。所以你最好乖乖去我說的地方，讓那裡的人保護你。」

男孩聽到克里斯的警告，臉色突然變得有些蒼白。

對於年幼的約翰來說，克里斯不是在威脅自己，約翰反而覺得克里斯是一名值得信賴的「大人」。約翰認為如果自己不聽克里斯的建議，一定會發生更可怕的事情。

因為像克里斯這樣的人是不會跟別人開玩笑的。

「車票上車再去跟車長買，你不要害怕有人會來抓你，就抬頭挺胸地坐在位置上去十三區。」

「現、現在嗎？」

男孩結結巴巴地問道。

「你有什麼重要的東西沒有拿嗎？」

男孩搖搖頭，他根本沒有什麼重要的東西。如果手上的食物沒有馬上吃就會立刻被搶走，要是有貴重的東西也會馬上被偷走或是以保護費的名義被收走。約翰在懂事之前就先了解到自己手上不能有什麼珍貴的東西。

「我只是覺得有點突然。」

「你到了就業中心就跟他們說『我有事情要跟羅建說』。」

雖然克里斯跟羅建沒有什麼交情，但是找羅建至少比找蔡斯好一點。

「你就說是克里斯拜託你過來找羅建的。」

羅建、克里斯的拜託。

約翰重複了幾次克里斯說的話。

克里斯看著約翰假裝去尋找客人而走向電車站，電車已經到站了，他攔著路人說話假裝在拉客。

就在電車準備出發時，約翰環顧了四周後，突然地跳上電車。

接著克里斯發現有一個男人從巷子中跑出來後，朝著地上吐了一口口水。他應該是監視這些孩子的人，約翰為了不要被抓到，所以等到電車準備出發時才上車……

那個男人咒罵了幾句，氣得抓著自己的頭髮，然後把一名孩子收錢的鐵罐踢倒後，才走回巷子裡。雖然那名孩子嚇了一跳，但是也不敢反抗，只能認命地把錢撿起來收好。

克里斯看著那名生氣的男子，默默地跟他在身後。

在人煙稀少又錯綜複雜的巷子裡，偷偷地幹掉一個人應該也不會有人發現。克里斯從巷子裡走出來後，把一個舊錢包丟到附近的垃圾桶。克里斯為了偽裝成強盜殺人，所以拿走男人裝滿錢的錢包。

克里斯回到電車站旁邊煙霧瀰漫的巷子，走向下一個孩子。

「幫我擦鞋。」

那名孩子安靜地拿起了鞋油，克里斯的皮鞋已經非常光亮，但是那名孩子想要賺錢就必須要做點什麼，所以他拿著布認真地擦拭閃閃發光的皮鞋。但當他低頭看到克里斯的鞋底時，全身突然變得僵硬。

「糟糕，被發現了。」

克里斯冷冷地喃喃自語道。雖然克里斯不像巷子裡的流氓一樣會翹著腳罵髒話，但是他的氣勢也足夠讓一個成年人感到害怕。

『被打哪裡比較不痛呢？』

「這些錢足夠讓你幫我保密嗎？」

克里斯強硬地把剛才拿到的錢都塞進那名孩子的鐵罐中，那名瑟瑟發抖的孩子眼睛突然睜得非常大。

那名孩子意識到這突如其來的好運，他抬起頭看著消失的克里斯，然後轉過頭小心翼翼地抱住自己的鐵罐。

克里斯走進一個電話亭，打開電話簿，並拿出剛剛約翰交給自己、用報紙包得非常嚴實的物品。

裡面有一本老舊的記事本。

裡面記載著某月某日和雷根見面、某月某日有人事部的會議，克里斯翻閱著記事本，最後目光停留在書籤繩作記號的那一頁。那一頁凌亂地排列著一些讓人看不懂的名字，但克里斯彷彿知道要怎麼破解。他在電話簿中找到那些名字的電話號碼，再對照記事本的日期，然後解開了那些暗號。

〈我發現了吉利恩的屍體，但還沒有找到阿帕爾納的屍體。〉

克里斯面無表情地反覆確認自己解讀的暗號是否正確，但是似乎也沒有其他解讀的方法。

〈他應該是追查太深入所以才被敵人發現。我沒有被跟蹤，但是不知道對方派出的是什麼樣的異能者，萬了以防萬一我還是把東西交給這孩子保管。幸好幫毒販做事的孩子們之中，只有一個鞋匠叫約翰。〉

克里斯想起自己被抓進白夜之前，有跟安德蕾雅分享過關於毒販的資訊。

看來那時候安德蕾雅有記住約翰這個孩子。

〈我現在要去黑坑確認我得到的消息是否正確，這是爲了預防我沒有安全回來而提前做的準備，希望你不會拿到這本記事本。如果你拿到了，那就表示我無法在你見到約翰前拿回這包東西。〉

兩個禮拜前，向就業中心請外出假離開就沒有回來的安德蕾雅、以及去就業中心整理安德蕾雅物品的陽特。

安德蕾雅真的失蹤了嗎？

〈如果你想要找我的話記得不要用手機跟我聯絡，我覺得事情有點可疑。〉

克里斯很想知道安德蕾雅究竟調查到什麼事情。

〈你好好保管我的記事本，我會去找你拿的。〉

記事本中有幾頁看起來是匆忙中被撕掉的。克里斯發現有一頁只撕掉了一半，他翻找電話簿拼出了新的句子。

〈如果販賣毒品的是游離．索伯烈夫，他想要找購買毒品的人應該不難，爲什麼要經由就業中心去篩選對舒緩藥物上癮的異能者呢？如果是其他人——〉

克里斯闔上記事本。安德蕾雅在外面調查的時候一定也感覺到一些奇怪之處，以及發現了克里斯在白夜裡所知道的一些事情。安德蕾雅應該也發現可疑之處了。發現到白夜不可能是這一切事情的幕後主使者。

克里斯把安德蕾雅給自己的記事本和白夜交給自己的手機裝在一個信封裡，放到電車站的置物箱內，這樣暫時應該不會被別人發現。

克里斯混入人群，走到了大馬路邊的公共電話亭，這是為了避免精神系異能者感應到自己藏起來的物品。克里斯拿起話筒放到耳邊，撥出他記憶中的電話號碼。

響了幾聲後，電話那一頭傳來了一陣非常從容的男聲。

「這裡是金盞花理髮店。」

「我想要確認我預約的時間。」

「請告訴我您的預約號碼。」

「I、82、592、羅密歐、狐步、353……」

I—82—592—RF—3533……

克里斯念出了公共電話亭的編號。

「好的，克里斯先生，請您稍等一下。」

克里斯放下電話，他在電話亭裡邊等待邊四處張望，直到看到一張熟悉的面孔才走出電話亭。

「好久不見。」

陽特向克里斯打招呼。陽特走向克里斯抓住他的肩膀，雖然克里斯沒有感到疼痛，但那股力量足以讓克里斯無法行動。A級強化系異能者就算手上沒有槍枝，也可以徒手撕碎克里斯的胸膛。

克里斯完全沒有反抗，只是淡淡地笑了笑。

「好久不見。」

克里斯知道陽特在懷疑自己，以前克里斯不會這麼敏銳地感受到別人的情緒，應該是被游離影響的關係才變得比較敏感。除了游離以外，克里斯從來沒有遇過這麼愛懷疑別人以及考驗別人的人。

「我沒想到你會親自出來找我。」

「我們先找個安靜的地方好好聊聊吧！」

克里斯點點頭，跟在陽特後面，他們走向一棟以前可能是貿易公司的老舊建築。

自從極光實施封鎖令以後，十一月大洲的相關產業全都破產關門了。

但有一些公司倒閉後沒有申請停業，反而是把公司賣給別人，極光手中就有幾間這種空殼公司。

這種公司雖然表面上有老闆，卻沒有任何員工。

精神系異能者在門口感應克里斯的身心狀態，克里斯有點擔心他們會發現自己被下了禁令，直到精神系異能者表示沒有發現克里斯有被洗腦的跡象，克里斯才鬆了一口氣。

他們也對克里斯進行搜身檢查，但是也沒有發現竊聽器或是定位器之類的東西。

「你這兩個禮拜去了哪裡？」

歷經千辛萬苦才回歸的克里斯馬上就被帶到審問室，克里斯看著坐在自己對面盯著自己的陽特，開始敘述他想好的「回歸劇本」。

「我進入白夜臥底。」

「……你說什麼？」

陽特不可置信地看著克里斯。

「我去調查安德蕾雅告訴我的四區毒販時，白夜的主管蔡斯・達頓剛好突襲現場，我趁亂拿了帳本和藥品逃跑。」

陽特默默地點點頭，似乎覺得這跟克里斯消失那天的行蹤非常吻合，他們當時認為克里斯把手機丟進郵筒是為了求救。

「但我從山路逃回到八區後，在快到家時被蔡斯抓住了。」

因為克里斯不太記得那段記憶，於是他就直接跳過了。

「看來之前發現的竊聽器真的是白夜他們裝的。」

「對，我的手機也不見了，因為我們的分部就在四區，所以我想要趕快離開這裡，但還是被抓住了。雖然我盡力抵抗……最後還是被暴打一頓然後被抓到白夜。」

照游離所說的，山裡只是沒有屍體，但是看起來真的很像案發現場。

「難怪山裡有這麼多血跡，周圍簡直一片狼藉，你被帶走後是怎麼活下來的？」

「對他們來說我是一名不具名的異能者，所以他們認為我是想要得到舒緩藥物的異能者。一開始我不知道他們為什麼會監視我，後來才聽說在就業中心時就有人發現我是異能者，所以他們一直堤防著我。他們說只要我交出帳本和藥物，就會留我一條活路。」

陽特的臉色變得非常凝重。

「看來他們一直在搜刮那些藥物……」

很明顯地極光認為白夜是想要壟斷市場才會做出這些事情，而且極光應該希望克里斯也是這麼想的。

如果是以前的克里斯一定會相信陽特，但是克里斯現在卻老是想到從福爾圖娜眼中看到的精神系異能者一隊隊長。那個站在黑暗中，長得非常恐怖的男人。

克里斯完全不敢鬆懈，他必須要讓陽特相信自己的清白。

「所以我答應他們要加入白夜。」

「這怎麼可能。」

「毒販被白夜打壓後開始實施游擊戰，他們不斷改變自己的據點，從野外、廢棄建築物到市區的小巷子等等，讓白夜非常困擾。那些毒販都已經認得白夜所屬的異能者或是從就業中心轉移過去的人，所以白夜現在很難掌握最新的藥物管道。」

「原來他們是為了拉攏新面孔。」

「他們說如果我答應他們的要求，就會保住我的命以及定期讓我接受舒緩課程……我被他們拘禁了兩個禮拜，後來我認為先保命比較重要，所以就答應他們。他們放了我，但是他們要求我必須要住回裝有竊聽器的家，還要定期向他們回報情況，我才能換取某個程度上的自由。」

克里斯淡淡地敘述這些謊言。

在離開白夜之前，羅建就幫他想好了這些劇本。本來就廣為人知的白夜重要成員蔡斯・達頓是配角，而主角是歷經千辛萬苦、換取某些條件後才逃回來的雙面間諜克里斯。

「如果您不贊成我潛入白夜的話，就送我回去六月大洲。」

雖然克里斯把決定權丟還給陽特，他卻一點都不擔心陽特不答應。

在這麼封閉的十一月大洲上，如果陽特不善用可以暫時臥底到黑手黨的成員，那就太愚蠢了。

「總部應該會要求對你做進一步的檢查，但是現在那些完全沒有意義。」

陽特嘆了一口氣說道。

「安德蕾雅背叛我們了。」

陽特的眼神非常憔悴。

「什麼？」

「她發了一封訊息給我說她好像被黑手黨發現，就失去聯絡了。我去了她的住處，只看到一台被破壞的手機。我們通訊網路的資料全都不見了……她消失得非常徹底。」

克里斯的表情不是裝的，他真的非常驚訝。

安德蕾雅是有在記事本上提到自己好像露出馬腳了，但是她也有說她把追蹤她的人都甩開了。所以她消失應該不是為了躲避危險，而是去黑坑執行極光的任務。

安德蕾雅還特地去找到克里斯隨口提過的約翰，把自己的記事本交給約翰，那她為什麼要背叛極光？她只不過是要去一個比較危險的地方調查事情，原本應該要帶在身上的手機又為什麼會留在住處呢？

陽特甚至還親自去了就業中心把安德蕾雅生活過的痕跡清除乾淨。

「雖然我知道闖到黑手黨的地盤是非常危險的事情，但我也沒想到會失去這麼多成員，我曾經請示上級說要撤退，但上級卻要我們繼續執行任務。」

十一月大洲是敵人的地盤，所以派遣異能者到十一月大洲出任務本來就會遇到非常多困難。如果極光讓好不容易潛入過來的老鴇隊回去的話，就不太可能讓新的隊伍再潛入這裡。

因此克里斯好像也可以理解為什麼派遣隊的隊長陽特有所顧慮，但是上級仍然強制讓他們繼續執行任務。

「雖然大家都說十一月大洲是極光的墳墓……但我真的沒想到損失會這麼慘重……」

陽特的聲音一反往常地微微顫抖，似乎還帶著一點悔恨。但是陽特的眼眶沒有泛紅，反而是堅決地看著克里斯。

「身為一個極光的成員，我應該要懷疑你……」

「……」

「但是身為老鴇隊的隊長，我真的很高興看到你回歸。」

如果陽特是演的話，那陽特就是一名被異能耽誤的演員。

「謝謝您這麼擔心我。」

克里斯低頭致意。

「我也一直在猶豫到底要不要回來，但我認為必須要活著回來把這些情況報告上級。等到完成任務回到六月大洲，我願意接受任何檢測。」

陽特聽到克里斯自己說出願意接受任何檢測證明自己的清白，臉上的神情又緩和了幾分。

「好，我知道了。我會告訴上級是我讓你進入白夜臥底的。」

陽特拍了拍克里斯的肩膀，曾經被懷疑為叛徒的夥伴歷經九死一生回到身邊，似乎讓陽特對克里斯增添了一些親切感。

「你在白夜有接受舒緩課程嗎？」

「……沒有，他們說等我收集到情報以後才會幫我安排。」

克里斯反射性地否認，這不是因為克里斯想要隱瞞游離的存在，而是因為克里斯認為讓極光的陽特知道白夜有自己的舒緩者好像不是件好事。

極光說不定會讓克里斯把舒緩者帶到極光這裡來，因為舒緩者真的是非常珍貴的資源。

「那我先讓你去見盧卡吧！」

「盧卡現在在這裡嗎？」

「有四名知道極光分部位置的成員失蹤了，雖然有可能四個人都守口如瓶，但是萬一有一個人說出來的話，那舒緩者就會面臨到危險，所以我暫時把據點轉移到這裡。」

克里斯安靜地點點頭，克里斯覺得也有可能是陽特暫時無法信任自己，才把自己帶來這棟臨時據點，而沒有讓自己去正式的極光分部。

「原來如此。」

「因為這裡是暫時的據點，所以安全性沒有以前高，你進出的時候要小心一點。」

陽特起身帶著克里斯到舒緩者的房間。

「那你只要告訴白夜關於毒販的消息就好了嗎？」

「對，我想白夜只要收集到一定程度的資訊，就會去摧毀他們。我會擴張一下我的人脈，去尋找克里斯．丹尼爾的下落。」

「我知道了，如果你需要什麼幫忙就跟我說，我會盡量幫你的。」

雖然資源有限，很難給予克里斯什麼幫助，但是陽特似乎已經下定決心了。

極光派遣隊伍來要十一月大洲調查事情，不但沒有查到有意義的線索，反而失蹤的失蹤、背叛的背叛，所以奇蹟般活下來並加入白夜的克里斯變成唯一的突破點。

克里斯思考了一下，決定碰碰運氣。

「我在白夜沒有看到安德蕾雅，是因為我太不重要嗎？」

克里斯試探性地開口。

「這個嘛……」

陽特搖了搖頭。

「也許她不是投靠白夜，而是投靠毒販。我也不太清楚．這一切都非常不像安德蕾雅的作風……」

陽特看起來非常沮喪。

「你有可能會巧遇她，自己要小心一點。你接受舒緩課程的時候，我去幫你準備新的手機。」

「我會小心的。」

☆☆☆

「克里斯……！」

克里斯一進到舒緩課程的房間，在房間焦急踱步的盧卡就先迎了上來，盧卡差點直接抓住克里斯的手。盧卡非常驚訝，他甚至沒有意識到克里斯往後退了一步是在拒絕自己的接觸。

「我之前聽說你不會回來了，所以當我看到你的名字出現在名單上的時候，我真是不敢相信自己的眼睛。」

是斯基勒跟盧卡說克里斯不會再回來的。

盧卡當時認為這一切都是自己的錯。都是因為自己最後一次見到克里斯的時候，舒緩課程的效果不盡理想，才會讓克里斯在能量不穩定的情況下，進行危險的任務而發生意外。

盧卡腦中一直帶著這份自責感。

「盧卡，你先……冷靜一下……」

聽到克里斯這樣說，盧卡才清醒一點，默默地往後退一步。

「對不起，在六月大洲的時候沒有發生過異能者突然失蹤的事件，所以我有點嚇到，但我又不能親自去幫忙找人……」

盧卡現在才發現自己太過激動，他羞愧到耳朵都紅了。克里斯看到一向沉穩的盧卡這麼激動，不禁覺得心情有點奇妙。

克里斯並沒有為盧卡做過什麼事，他們兩個之間的關係就只有舒緩課程而已，但是克里斯卻覺得盧卡比陽特還要關心自己。

「你看看我，你是來接受舒緩課程的，但我卻高興到不小心耽誤了你的時間，你趕快坐下吧！」

盧卡彷彿是在家裡招待朋友似的拉著克里斯的手臂，兩人的手臂交錯在一起，如果克里斯甩開盧卡的手臂，盧卡很有可能會摔到地上，克里斯只好乖乖地跟著盧卡。

克里斯坐在盧卡對面後，突然驚覺到盧卡馬上就會發現自己已經達到百分百舒緩。

「你可以不用幫我進行舒緩課程。」

盧卡聽到克里斯的話有點吃驚。

「我知道你不喜歡舒緩課程，但是我除了舒緩課程也沒有其他長處，所以我必須要遵守自己的原則。」

盧卡一提到舒緩課程，臉色變得有點憂鬱。

「你上次的狀態非常不好，一個能量不穩定的異能者失蹤了一個月後，竟然說不要接受舒緩課程，我會覺得……！」

盧卡的嘴唇有點顫抖。

「你是在對我說『都是因為你的舒緩課程不怎麼樣，差點把我害死，所以你不要再管我了。』一樣。」

「我不是那個意思，是因為我現在真的不需要舒緩課程。」

克里斯面露難色，他沒想到盧卡會有這種反應。

「克里斯，請你把你的手給我。」

原本親切的盧卡語氣變得嚴肅。

「不然我就要跟陽特隊長說你不肯接受我的舒緩課程。」

異能者拒絕舒緩課程是非常嚴重的事情，克里斯知道自己是說服不了盧卡的。

對於異能者來說，舒緩者不太像是夥伴，而是一名需要保護的對象。舒緩者就是一名經常會換班的陌生人，他們的作用只是幫異能者進行舒緩課程而已。

因此克里斯也從來沒想過盧卡也會有自己的使命感。

「我不是看不起你，請你原諒我的魯莽。」

克里斯伸出手，盧卡的臉色稍微緩和了一點，伸手握住克里斯的手。

「你怎麼……」

兩人的肌膚一接觸，盧卡的睫毛便開始顫抖。盧卡臉上閃過一絲訝異，然後臉色變得有些冷漠。

「你發生什麼事了？」

不管之前盧卡怎麼傳送舒緩能量，也頂多只能讓克里斯的狀態不要太糟糕，但是再度回歸的克里斯狀態卻完全跟以前不一樣。

克里斯體內的舒緩能量非常充足，根本接收不了任何一滴盧卡的舒緩能量。

盧卡就連在六月大洲都沒有遇過幾次這種情況。

「百分之百舒緩。」

盧卡在面對克里斯時，總是覺得比面對其他異能者的時候還要吃力。那種感覺就像是自己再怎麼努力，也勉強只能填補百分之二十的舒緩能量而已。

但是強化系B級的異能者再怎麼厲害能承裝的舒緩能量也是有限度的，所以盧卡一直以為是兩人配合率不好的關係。

「到底是什麼樣的舒緩者……」

克里斯在盧卡開口詢問前就先搖了搖頭。

克里斯無法告知盧卡原因。

「我沒有辦法告訴你原因。」

克里斯平靜地說出自己的立場，他沒有再進一步解釋。雖然這個房間的安全性不如總部，但也是有人在監視的。

盧卡臉上充滿著鬱悶、好奇、驚訝和安心。

對盧卡來說他遇到的異能者分為好幾種。很愛搭話的異能者、看不起舒緩者所以不發一語只是默默接受舒緩課程的異能者、愛炫耀自己的異能者……

但克里斯卻不屬於以上任何一種分類，雖然他很沉默，卻很有禮貌，也從不貪圖盧卡的舒緩課程。

盧卡覺得克里斯不像是會在外面遇到舒緩者就剝削對方的人，就連盧卡之前建議要用更親密的方式進行舒緩課程也都被拒絕了。

但是盧卡也覺得非常不開心。

因為這表示在這座號稱保護自己的高牆外，有舒緩者過著自由自在的生活。

盧卡什麼話都沒有說，反而是用力地握住克里斯的手。盧卡假裝在進行舒緩課程，過了一陣子才開口說道。

「我很慶幸看到你平安回來。」

克里斯離開之前，對盧卡敬了一個禮，感謝盧卡為自己保守秘密。

克里斯在房間裡待到一般進行舒緩課程的平均時間後就離開了，但克里斯腦中卻一直想著盧卡。

盧卡就像棉花糖一樣溫和又善良，雖然看起來是一個受人擺布的玩偶，但是他卻真心誠意地擔心自己所負責的異能者。而盧卡也很訝異克里斯從來不會擺臉色或是脅迫舒緩者。

克里斯也想到了游離和羅建。

如果有人問克里斯，沒有受到極光保護的舒緩者是不是都處於危險之中，克里斯一定會回答「是」。

但是沒有受到極光保護的舒緩者就一定很可憐嗎？

『……不是。』

克里斯緊閉雙唇，將自己的思緒拋到一邊。

才過了十五天，克里斯看待這個世界的角度就變得完全不一樣。回到極光後這種感覺更是觸動到了克里斯。

尤其是……

『如果去黑坑，很有可能會賠上這條命。』

克里斯開始懷疑陽特．君特。

關於安德蕾雅前往黑坑後就失蹤這件事情，克里斯和陽特完全抱持著不同的想法。如果是以前的話，克里斯一定會相信自己的隊長，但是現在他卻抱持著懷疑。克里斯可能是被游離傳染了，他內心的感受比平時更加敏銳，也在警惕著所有的一切。

「你這麼快就結束了嗎？」

走廊另一邊的陽特慢慢走近克里斯，接過手機的克里斯默默地看著陽特。手機看起來沒有任何痕跡，應該不是以前用過的手機。

「謝謝你。」

陽特在這裡迎接克里斯，但是克里斯也知道與其說陽特在迎接自己，不如說是在監視自己。

克里斯離開大樓後，邊走路邊打開手機。克里斯發現手機有一些功能被鎖住了，尤其是關於等級比較高的資訊克里斯都無法開啟。

雖然陽特表現得很歡迎克里斯回歸，也立刻幫克里斯安排舒緩課程，但是克里斯知道自己不再是「真正的」極光成員了。

陽特目前會觀察克里斯，測試忠誠度。如果克里斯只是一般人，那一定會被當成叛徒，但是克里斯是異能者，不管怎樣克里斯都必須靠著舒緩課程才能活下去。

雖然陽特也知道這樣有點危險，但還是讓克里斯去見盧卡，他把舒緩課程當作誘餌，目的是讓身為異能者的克里斯上鉤。

克里斯知道自己下次再過來這裡應該還是只會見到陽特和盧卡，其他極光的相關人士不可能繼續留在這裡的。

『他們應該會轉移到另一個據點。』

克里斯嘆了一口氣，拿出手機打開十一月大洲的地圖，幸好這個功能還是可以使用。回到電車站的克里斯拿回存放在置物箱的東西後，搭上到站的電車。

克里斯把安德蕾雅記事本上記錄的黑坑地址輸進手機，地圖馬上就跳出來，克里斯看了地圖覺得非常疑惑。

那個地方是白茫茫的雪地，讓人無法理解那種地方怎麼會被稱為黑坑。從地圖上看來，那裡別說是人類了，應該連野生動物的蹤跡都看不見。

但是安德蕾雅卻說這裡在進行毒品交易，接著安德蕾雅就失蹤了，然後還被當成是叛徒，所以克里斯一定要查清楚真相。除非安德蕾雅是在毫無人煙的地方遇害，不然克里斯一定要查出來安德蕾雅的手機為什麼會落到陽特手裡。

克里斯回到八區以後，走回家的路上突然停下了腳步。

因為他看到了那條自己走過很多次，非常熟悉的道路。

既然現在克里斯已經知道游離是誰，便開始好奇游離為什麼要開這家書店。克里斯實在想不透白夜的老闆為什麼要在這麼偏遠的住宅區開一家二手書店。

克里斯帶著未了的餘情，沿著那條路走過去，走到木蓮書店前面。

『我要過去看看。』

然而分身乏術的白夜老闆游離·索伯烈夫就在書店裡面。

克里斯就像重複看著某部小說的第一頁一樣，一直盯著書店裡面看。

書店老闆戴著眼鏡、微微皺著眉頭在看書，陽光照射在玻璃窗上，只要推開那扇門似乎就可以感受到古色古香的氛圍……

木蓮書店的景象好像直接從過去搬到現在似的，依舊是克里斯喜歡的樣子。

克里斯猶豫了片刻後邁開大步，推開門的同時鈴鐺聲也響起，游離開口說道。

「歡迎光臨。」

游離客氣的語氣讓兩人的關係好像重新回到書店老闆和客人一樣，克里斯突然有點緊張。

書店裡放著悠揚的爵士樂，似乎是在嘲笑克里斯。薩克斯風聲和不知名歌手交織而成的聲音，似乎像精神系異能者的能力一樣有相同的功效。

克里斯彷彿像是被丟回過去，所有的一切都像之前一樣。

游離似乎是要打醒克里斯，正在看書的他抬起頭來看著克里斯。

雖然眼鏡遮住了大部分的視線，但是游離的眼神還是非常銳利。

「就業中心可不是托兒所。」

聽到游離冷冰冰的語氣，克里斯突然覺得很安心。

「看來那小孩有順利找到你們。」

「我難道還要提醒你不能隨便撿路邊的東西嗎？」

但是游離也沒說要趕走約翰。克里斯猜想游離除了經營就業中心，可能也有在經營托育中心。就算分身乏術，游離也會對約翰負責的。

雖然克里斯是一時衝動決定要幫助約翰，但是約翰的心情應該也不太輕鬆。

他在游離開口之前搶先說出自己的目的。

「明天我要去一個叫做黑坑的地方，我聽說除了四區以外，黑坑也在進行毒品交易。」

「你要去黑坑的話，你查過它的位置了嗎？」

克里斯默默用手機叫出地圖，游離看著地圖上滿地的白雪，嘴角忍不住露出一絲若有似無的冷笑。

克里斯還來不及開口詢問，游離就把整理到一半的書放回書架並對克里斯說。

「書店每個星期三公休。」

「……我知道。」

如果克里斯告訴六月大洲上其他的極光成員說，黑手黨的老闆非常認真地經營一家二手書店，會有人相信嗎？

「今天是星期二。」

游離看著克里斯說道。

「你要跟我一起去黑坑嗎？」

游離整理好手上的書，看了克里斯一眼。

「我覺得你現在還不太適合單獨行動。」

看來克里斯腦中的禁令還沒有辦法讓游離放心。

克里斯覺得游離就是因為有著偏執性的疑心病，所以才能對抗著極光活到現在。

游離敵人怎麼可能只有極光，游離・索伯烈夫在十一月大洲還是一片混亂的時候就在這裡慢慢打下基礎創立了白夜。

「……我知道了。」

游離並不是一個可以開玩笑的對象，不然他一定會取笑游離是一個準時帶寵物出門散步的好主人。克里斯知道游離不喜歡這種玩笑話，克里斯在游離面前總是很懦弱。

「真是沒用。」

克里斯低著頭離開了木蓮書店。

而游離也沒有叫住克里斯。

☆☆☆

克里斯站在公寓前面，感覺非常奇特。

他慢慢地走上樓，拿出鑰匙打開門。

房子空了兩個星期，一開門就是一股冷空氣迎面而來。可能是因為沒有開暖氣的關係，克里斯覺得房間裡比走廊還要冷。

克里斯大步走進室內，熟悉的環境卻讓他有種新奇的感覺。

雖然對這間公寓沒有感情，但是當站在一個原本以為自己再也不會回來的地方，心情還是很特別。

克里斯不自覺地把頭轉向床邊的那一疊書。

「Idiot 笨蛋」，還有「Daniil 丹尼爾」。

不知道到底是沒有馬上看出游離暗號的自己太愚蠢，還是利用書名諷刺自己什麼都不知道的游離太偏執。

克里斯碰的一聲推倒了自己用書堆成的那座小塔。

接著他跨過散落在地上的那堆書躺在床上，沒有換衣服也沒有洗澡，克里斯完全不想動。

就像是忙碌了一整天，終於回到家的感覺一樣。

克里斯的眼睛慢慢地閉起來，他感到自己的意識漸漸模糊，雖然克里斯覺得好像有那裡不對勁，但是他還來不及思考就睡著了。

11 Chapter eleven

黑坑

睡夢中的克里斯聞到一陣咖啡香味，睜開了眼睛。門外照進來的光線讓克里斯皺起眉頭，克里斯看到有個男人翹著腿坐在書桌旁邊。

克里斯從床上坐起身，看到一位不速之客，這位客人的手中還拿著一個冒著熱氣的紙杯。

「你什麼時候進來的？」

「剛才。」

既然游離都可以偷偷摸摸地潛入安裝監視器，所以克里斯也不需要問游離是怎麼進來的了。

他把一個袋子推到克里斯面前。

「這是什麼？」

「早餐。」

克里斯打開袋子看到裡面有三明治和濃湯。

「你不吃嗎？」

游離沒有回話，只是輕輕地舉起手中的紙杯。克里斯拿出袋子裡的三明治，看到三明治裡夾著很多肉和起司。

「我沒有在三明治裡下毒，你可以不用這麼小心翼翼。」

「你放這麼多肉應該會很油膩吧?」

「你會喜歡的。」

反正克里斯不太挑食,便半信半疑地咬了一口三明治。

當克里斯咀嚼三明治的時候,發現那是一種有點熟悉又令人回味的味道。

他不發一語狼吞虎嚥地吃完了三明治,然後再把游離準備的濃湯一口氣喝光。

微帶辣味的番茄濃湯調味適中,讓克里斯滿足了口腹之欲。

游離看著狼吞虎嚥的克里斯,眼神卻非常溫和。但他的眼神不像是看著一個吃相不好的人,而是比較像是看著一條愛吃的狗。

「我剛不是跟你說過了嗎?」

游離有點得意地說道。

「你會喜歡的。」

「謝謝你的早餐。」

克里斯有點羞愧地低聲說道,但又認為自己才剛起床就吃這麼多,好像不太好。

「你昨天就這樣睡覺的嗎,看起來亂七八糟的!」

游離看著衣服皺巴巴和一頭亂髮的克里斯忍不住搖搖頭。雖然游離已經看過克里斯各種的醜態,但是還是讓他覺得很難為情。

「我給你十分鐘，你去洗澡。」

聽到游離這樣說，克里斯低頭看了看時間，現在是七點。因為不是偶數時間，如果克里斯現在用熱水的話，隔壁鄰居一定會馬上找上門來。

克里斯不可能讓游離等自己，也不可能讓別人看到這位「客人」，所以克里斯只好走進浴室洗了一個冷水澡後再出來。

游離看到克里斯圍著一條毛巾，頭髮滴著水走出來時，突然間皺了一下眉頭。

「……你的臉色好蒼白。」

雖然說異能者大多都不太怕冷，但是在這麼寒冷的天氣下用冷水洗澡，臉色是不可能太正常的。

游離脫下手套，克里斯想往後躲開，卻被游離的眼神震攝住。

應該是因為舒緩能量的關係，當游離把手放在克里斯的臉頰時，克里斯感覺得一陣暖風從游離那邊吹過來。克里斯第一次知道舒緩課程還有這種用處，不禁睜大雙眼。

此時，游離卻對克里斯誇張的反應感到無言。

「你失去記憶後學會自虐了嗎？你在白夜的時候沒有這樣啊……」

「因為這間公寓規定我住的這一邊只有偶數時間才可以用熱水。」

這句話讓正在擦手的游離感到非常吃驚。

「這也太窮酸了吧！」

游離的聲音變得很冷淡，克里斯發現游離神色的變化，快速地擦乾身體並穿上衣服。幸好克里斯的頭髮很短，擦幾下就乾了。

「走吧！」

游離默默地說道，游離一分鐘都不想要待在這個髒亂的地方。

克里斯跟游離走出去時轉頭看了一下隔壁，平常這個時間隔壁鄰居應該是忙著準備上班，還會發出很多聲響才對啊？

身為一名對聲音非常敏銳的異能者察覺到異樣之處，覺得有些疑惑，這時先走下樓梯的游離回頭看了一眼說道。

「你在幹嘛，還不快跟上來。」

「馬上過去。」

公寓的前面停著一輛跟附近環境格格不入的車子，就是克里斯之前看過的奧斯頓・馬丁經典款。車身帶著淡淡的黑色光澤，即使是不懂車的人也會被它吸引，因為它的線條實在是太美了。

這讓克里斯再度確認自己那天看到的人就是游離，然後克里斯打開了後座的車門。

游離很自然地坐上了車，就在克里斯正要關門時，游離突然皺了一下眉頭。

「你不用這麼拘謹，直接坐在我旁邊吧！」

結果克里斯跟游離肩並肩地一起坐在後座。

克里斯看了前座一眼，結果目光對上一雙黃色眼睛對著自己眨眼。

「我是一日司機蔡斯，我會安全地將你們送到目的地。」

「……怎麼會是你，我不是叫羅建過來嗎？」

「我不能錯過駕駛奧斯頓·馬丁經典款的機會，所以我就堅持要過來，而且我開車技術比羅建還好。」

「……」

游離沒有回話，雖然游離才是老闆，但是游離似乎也拿蔡斯沒辦法。

「你趕快出發吧！」

克里斯低聲吼道。

蔡斯饒有興味地笑了一笑，踩下了油門。

才過不到半小時車子就開到金城郊區，八區的位置差不多是在市中心，由此可見蔡斯真的開得非常快。

柏油路已經走到了盡頭，車子停在雪地入口。蔡斯先走下車幫游離開車門，然後對游離說道。

「我已經借好雪地摩托車了，也在導航輸入了你給我的地圖，導航會帶領你們到目的地。也已經加滿油了，大概夠跑三天三夜。」

蔡斯平常的舉動雖然很輕浮，但不虧是白夜的高階主管，在安排事情上還是非常有能力。

「我們檢查一下裝備就出發吧，克里斯你把後車廂的行李拿過來。」

游離說完就先走向雪地摩托車，克里斯則是去後車廂拿行李。

結果蔡斯竟然跟在克里斯後面，還轉頭確認了一下克里斯的位置。如果游離是異能者，那個距離應該會聽得到他們的談話，但是游離是舒緩者，所以蔡斯在確認距離夠遠之後，便對克里斯開口說道。

「雖然這裡只有你們兩個，但你最好別想要動老闆一根寒毛。」

看似溫和的黃色眼睛帶著一股瘋狂的神情威脅克里斯。

「因為我會在禁令產生效用前先把你電飛。」

克里斯皺了皺眉頭。

「……你覺得我能對他做什麼？」

游離・索伯烈夫是一名非常與眾不同的人。

克里斯連在極光都沒有見過像游離這麼有能力的舒緩者。不對，克里斯從來沒聽過舒緩課程除了治療異能者還有其他用處。游離不僅疑心病很重，感知能力也比一般人高，最重要的是克里斯現在根本無法使用超能力。

克里斯無法使用獸人化能力也無法使用念力。

「雖然你失去記憶了，畢竟還是丹尼爾。」

蔡斯用手戳了一下克里斯的胸膛，他的手上劈哩啪啦地閃爍著金黃色電流，與其說蔡斯是在威脅克里斯，不如說他是真心想要電克里斯。

讓克里斯比較意外的是蔡斯會這樣做不是因為擔心游離，而是想要警告自己。

「你沒有失去記憶的時候就是一個可怕的傢伙了，更何況你現在根本像隻沒繫狗鍊的猛犬，當然更令人擔心，誰知道你什麼時候會發瘋。」

克里斯失去記憶前到底是個什麼樣的人呢？

「謝謝你這麼看得起我。」

克里斯的直覺告訴自己，蔡斯不是為了奧斯頓．馬丁經典款，而是為了警告自己才跟來的。

雖然克里斯不知道自己以前跟蔡斯的交情如何，但是克里斯非常清楚蔡斯．達頓現在非常不信任自己。至少蔡斯非常不想要讓克里斯和自己的老闆單獨相處在一起。

克里斯邊聽著蔡斯的警告話語邊小心謹慎地從後車廂拿出行李，行李非常沉重，應該是為了以防萬一而準備了很多東西。

克里斯覺得游離設想周全。

當克里斯把行李都搬上雪地摩托車後，蔡斯朝著他們揮了揮手。

「那我就開著奧斯頓・馬丁經典款去找我最親愛的弟弟約會囉！」

克里斯看著得意地炫耀著自己為了今天累積了好多天年假的男子，克里斯不知道自己該訝異黑手黨組織竟然有年假，還是該訝異蔡斯竟然要和「最親愛的」弟弟去「約會」。

轉眼間，游離的馬丁經典款就在車主不在的情況下返回金城市區。克里斯疑惑地問游離。

「他可以這樣開著你的車到處跑嗎？」

「這是為了掩人耳目，只要我不在的時候，就會有人開著我的車子去干擾外人視聽。」

游離把護目鏡丟給克里斯說道。

「你來駕駛吧！」

前往目的地的道路上全都是白茫茫的雪地，一路上的風景都一樣，如果沒有導航的話一定會迷失方向感。

但克里斯卻一點都不厭煩，克里斯在六月大洲上從來沒有看過這種被白雪覆蓋的景色。

「快到了吧？」

游離喃喃自語道。

不知道是不是錯覺，克里斯突然聞到一股刺鼻的味道，甚至還帶有一股令人反胃的惡臭。

如果現在化身為野狼行動的話，靈敏的嗅覺一定會因為那股惡臭而失靈。

克里斯剛越過一座略高的雪地，就立刻停下雪地摩托車。

一望無際的白色雪地突然間消失了。

克里斯從地圖中看到的白色雪地被染成黑茫茫的一片，讓人無法判別出它原本的模樣。

不僅僅是這樣。

彎曲的鋼筋、碎裂的牆角、腐爛的椽木、損壞的電話亭還有被連根拔起的消防栓……其中某些區域上有一種類似黑色焦油的液體在沒有加熱的情況下沸騰，那些泡泡還會發出「砰」的爆裂聲，看起來非常怪異。

克里斯似乎可以理解這裡為什麼被稱為黑坑了，因為這裡非常混亂、毫無規律又帶著一股惡臭。

「這是什麼情況……」

「果然如我所料。」

游離轉身從行李中拿出防毒面具給克里斯。

「你來過黑坑嗎？」

如果不是曾經來過的話，游離不可能準備如此周全。

「沒有，我也是第一次來，但是我知道黑坑這個名字所代表的意思。」

克里斯聽不太懂游離在說什麼，克里斯只覺得非常反胃。

「克里斯，你看。」

游離指著某處說道。

「黑坑就是文明與發展、重建與希望的反面。」

克里斯戴著防毒面具和游離一起走出雪地。

「這裡垃圾都是從哪來的？」

「從十一月大洲以外的地方來的。」

游離邊說邊走向黑坑的外圍。

克里斯瞪大雙眼，而游離開始慢慢解釋。

「你回想一下你在六月大洲時的情景還有你剛到十一月大洲時的感受。」

克里斯慢慢開始回憶剛到金城時的第一印象，就是……

「我覺得這裡有很多老舊的建築，我聽說十一月大洲當初受到的損壞比其他大洲少，所以才保有許多舊時代的建築物。」

「胡說八道。」

游離嘲諷地說道。

「他們為了蓋新的建築物，把老舊的建築物全部都打掉了，然後把那些垃圾都丟到這裡來，丟到這個無人問津的十一月大洲。」

六月大洲上沒有任何老舊的建築物，所有建築物都非常新穎。相反地，十一月大洲上大部分都是舊時代留存下來的建築物。

因為人們沒有工作就會活不下去，所以六月大洲只能一直建設新大樓，以創造大量的就業機會。人們還認為未來也許會再次發生滅亡事件，因此被凍結的資產開始重新流通，經濟逐漸走向復甦。

經濟發展的速度快到令人覺得不可思議。

極光的奇蹟。

「你是說……其他地方也有黑坑嗎？」

「對，這裡是第四個黑坑。」

游離的臉色非常凝重。

「我是因為就業中心的異能者才知道黑坑的存在，我們一直在調查那些藥物的交易場所。」

有一名男子為了購買舒緩藥物所以經常去毒販聚集的巷子交易，然後就跟毒販那邊的人成為朋友。毒販以舒緩藥物為酬勞讓那名男子幫他們運送藥物，那名男子欣然答應後跟著毒販到了一個叫做黑坑的地方。

男子成為運輸人員後，漸漸晉升為毒販，然後自己上癮的情況也越來越嚴重。直到有一天男子領悟到自己再這樣下去可能會沒命，所以就主動投靠就業中心。

游離就是這樣才知道黑坑的存在。

「他們把垃圾丟過來的時候會順便噴灑一些舒緩藥物，這樣異能者過來時，就更容易上癮了。」

所以克里斯才會覺得非常反胃。

「那些人用大型船隻運送垃圾，然後也一起運送那些毒品。」

現在全世界都極度缺乏燃料。

極光宣稱冬季大洲的天然資源非常充足，尤其十一月大洲的天然資源更是豐盛，但是因為黑手黨的關係所以大家無法使用那些天然資源。但是下達封鎖令和減少飛船航班的人其實都是極光。

不過游離現在的意思是說有人浪費那些極度稀有的燃料來運送垃圾嗎？

「難道沒有人看過船隻行駛嗎？」

「他們動用了有隱形能力的異能者來執行這個任務，但福爾圖娜曾經感應到船隻。」

異能者！

克里斯非常吃驚，在十一月大洲以外擁有那麼強大異能者的地方，應該是非常繁榮的大洲。

比如說六月大洲……

「但是用超能力讓船隻隱形某個層面上也算是好事，異能者使用能力的範圍是有限的，就算消耗異能者所有的能量也只能行駛一艘船，要等到異能者完全恢復也需要很久的時間。」

克里斯聽到游離的觀點後非常震驚，怎麼會有人覺得動用到異能者是好事。游離的陰暗面到底有多深，才能夠說出這麼悲觀的話？

克里斯猜想游離的陰暗面應該比眼前的黑坑還要深沉。

「那名異能者所知道的黑坑只有一個，所以一開始我也以為黑坑只有一個而已。」

但事實上卻不是這樣。

「我以為只要監視那個地方就好，但是我阻止那個黑坑的交易後，還是有其他地方繼續流通毒品。所以我猜想他們是放棄了已經被發現的垃圾場，然後開發了其他的垃圾場。」

雖然一個黑坑被發現了，但是還有無數個黑坑。

「黑坑的數量逐漸在增加中，雖然他們會讓有淨化能力的異能者防止汙染源漂流到遠洋地帶，但也是有極限的。依靠漁類資源謀生的沿海漁民就是第一線受害者，這裡的醫療設施本來就比較落後，生活在偏遠地區的村民常常在抵達大城市之前就因為食物中毒而死亡。」

「沒有辦法可以阻止這件事嗎？」

「我當然有試過，我們還跟他們正面交手……但是極光用他們的事蹟掩蓋了亂丟垃圾的事實，結果事情變得一發不可收拾。最後他們把垃圾丟到金城市的市中心，如果不是你的話，應該會有更多人賠掉生命。」

「真是好險。」

克里斯看著自己的手掌喃喃自語，現在的克里斯完全幫不上游離的忙。

「你確定嗎？在外人眼裡，那次事件是克里斯．丹尼爾無緣無故將一艘民間的飛船折成兩半，所以飛船的航班才會突然受到限制。」

極光是在威脅游離。

極光如果想要毀掉游離，就必須犧牲掉整個十一月大洲。

「極光到底為什麼這麼討厭你？」

「應該因為本來應該乖乖聽話的小鬼突然開始反抗他們？」

游離歪了歪頭，因為防毒面具遮住了臉，所以他現在的樣子看起來似乎有些天真無邪。

克里斯知道游離隱瞞了某些事，但沒有追問下去。

「等等，我感覺到一些動靜。」

克里斯拉著游離躲在一堆垃圾後面。

過了很久，另一邊走來了三個人。那三個人應該是異能者，但是因為周圍混濁的氣流和氣味，所以他們沒有注意到克里斯和游離。

游離從懷中掏出克拉克手槍，本來看著另一邊的克里斯不知不覺地把頭轉向了游離手中的槍。

雖然克里斯不知道為什麼，但總覺得那把克拉克手槍很熟悉，看到那把槍讓他身上的每一根寒毛都豎了起來。

游離向克里斯打手勢，意思是說等敵人靠近一點就要展開攻勢。克里斯朝著那三個人走來的方向蹲下，打算一收到游離的暗號就立刻衝出去。

游離伸出手頭數數。

一、二、接著——

砰！

其中一個人的頭部噴出大量鮮血的瞬間，克里斯突然撲向另一名異能者。

如果克里斯現在可以變身為野狼的話，就可以跳出去攻擊對方的脖子，可惜的是克里斯現在的殺傷力變得比較低。但他依舊利用自己卓越的身體條件折斷對方的手臂，並讓他肩膀脫臼，再用膝蓋頂了一下讓人跪下。

剩下的最後一名異能者拿著手槍指著克里斯。

砰！游離聽到一聲具有威脅性的槍聲。因為克里斯和一名異能者糾纏在一起，所以不到最後關頭應該沒有人會開槍。

但是事情發展卻和克里斯想的不一樣，異能者可能覺得自己沒希望了，竟然開始引火。

「竟然在這麼多易燃物的地方引火……真的是神經病。」

幸好那個傢伙意識到這樣自己也會沒命，所以引出來的火並沒有很大。畢竟有能力引火的異能者也無法避免自己被燒傷。

但是克里斯依然沒有放鬆警惕，一個不小心那把火可能也會燒到他的身上。

正因如此，跟異能者對戰是一件很累人的事情。就算克里斯可以利用身體靈活度避開對手的攻擊，也沒有辦法預料別的地方會不會突然冒出其他攻擊。

拿著手槍的異能者剛把手指頭扣上板機，克里斯立刻就舉起他同夥異能者的身體當作盾牌，從吐血聲和咳嗽聲可以知道那名異能者目前還活著。

拿著手槍的異能者應該是因為無法親手殺死自己的同夥，所以猶豫了片刻。克里斯則是把手上的異能者推向那名頗有義氣的傢伙。對方突然感受到一股重量壓過來，情急之下不小心扣動板機，槍口朝著空中發出一發子彈。

幸好子彈沒有朝向游離所在的位置，克里斯也迅速地躲開那發不長眼的子彈。

克里斯似乎可以看透這裡發生的所有一切，甚至可以聽到血液流過血管的聲音和怦怦跳的心跳聲。

『這就是百分之百舒緩的感覺嗎？』

克里斯所有的痛苦都消失了，只留下非常靈敏的感官。

最後那名異能者伸出手臂，用盡全身的力量想把槍口對著克里斯，在這麼近的距離射擊，就算是強化系異能者也不可能躲得開來。克里斯折彎對方的手腕，手中施力讓對方扣動板機。

砰！砰砰！

耳邊傳來了實彈劃破空氣的聲音，克里斯手上的異能者聽到子彈砰砰砰的聲音，臉色變得非常蒼白，他開始引火，克里斯接觸到他的部位發出了燒焦的味道。

『他的能力不是虛空中引火，而是從與人接觸的地方生火。』

這樣克里斯就沒辦法跟他近身搏鬥，克里斯為了讓游離瞄準對方，設法讓自己離那個傢伙遠一點。但是對方應該是知道自己一放開克里斯就會被打穿腦門，所以緊緊黏著克里斯。

克里斯嘆了一口氣，一拳打在對方臉上，但對方似乎也知道自己不能認輸，拚命抓著克里斯的手腕。他們之間碰觸到的地方不斷傳來陣陣熱氣和燒焦的味道。

克里斯用另一隻手攻擊對方的腹部，他們兩個人的身體就在黑坑的塵埃中翻滾，就像兩條狗在打架一樣。

『我必須要趕快解決他。』

這裡可能不只有這幾名異能者，一定還有其他留守的人，當他們發現自己的同夥一直沒有回來的話，很有可能會過來幫忙。

雖然身後還有游離駐守，但是游離是舒緩者不是異能者，克里斯必須要在更厲害的人出現之前解決眼前的傢伙。

克里斯徒手打碎眼前這個人的下巴，喀啦幾聲之後那個人無聲地尖叫打滾，方才為了火燒克里斯而引起的火正吞噬著自己的身體。

現場簡直慘絕人寰。

克里斯撿起了那名異能者掉落在地上的手槍，克里斯從重量判斷裡面應該還剩下最後一發子彈，他瞄準了在火堆中打滾的那個人。

砰！

「你在做什麼？」

「我幫他結束痛苦。」

「那裡還有一名活著的人，這樣應該夠了吧？」

游離點了點頭。

就在這時候。

邊咳嗽邊吐血的那名異能者在克里斯打鬥的時候一直屏著呼吸，似乎就在等待這一刻，那名異能者把手伸向空中。

那是他最後的掙扎。

匡啷！

隨著一聲可怕的巨響，一根懸掛的鋼筋從游離頭上掉落下來。那名異能者嘴角露出一絲笑意。就在這瞬間，克里斯像一頭野獸般地立即做出應變。克里斯撞向那名異能者的頭，並用力踢他的肚子利用反作用力讓自己往後飛出去。

來得及嗎？

如果來不及呢？

『不……行……！』

克里斯感覺到腦中有一股灼熱感，這種感覺和剛才那名火焰系異能者用火燃燒自己的感覺不一樣。那名火焰系異能者點燃的火頂多算是營火，但是克里斯現在腦中的灼熱感就像是被雷電擊中一樣。

一聲悽慘的叫聲從克里斯口中傳出來，克里斯在危急時刻一把抱住了游離撲倒在地上，因為鋼筋即將掉落下來，克里斯緊緊地閉上了眼睛。

「……克里斯。」

游離在毫無噪音以及毫無疼痛感的情況下呼喚著克里斯。

「克里斯。」

克里斯緩緩地睜開眼睛看向游離，游離朝著克里斯身後揚了揚下巴。克里斯慢慢轉過頭，看到鋼筋停在自己身後約一英尺的地方，忍不住倒吸了一口氣。

『這是我做的嗎？』

「你要讓我在這個骯髒的地板上躺多久？」

克里斯聽到這句話後慌慌張張地放開游離，克里斯簡直不敢相信自己如此熟練地打倒這些異能者。

克里斯是第一次主動抓住游離，也是第一次把游離推倒在地板上，心裡實在忍不住驚慌。

他不知所措地站起身，推開懸浮在空中的鋼筋。克里斯就像碰觸鵝卵石一樣輕輕地推開鋼筋，但那根鋼筋卻向後飛去壓住剛才那三名異能者的身體。

雖然畫面非常殘忍，但是克里斯卻默默注視那個場景。他轉頭過想要伸手拉起游離，但是游離已經站了起來，有點遺憾地說道。

「下次至少要留一名活口。」

游離的語氣不像是在談論生命，反而比較像是在超市買東西時錯過最後一項折扣品而感到惋惜。

「……我下次會留下活口的。」

克里斯對游離的道德感沒有任何意見，他沒有忘記游離是一名黑手黨。克里斯反而對於游離建造就業中心、治療對舒緩藥物上癮的異能者、還有清除其他大洲傾倒的垃圾這些作為感到非常意外。

「但是……」

游離的手滑過克里斯的髮絲。

「你做得很好。」

游離戴著手套，但是溫柔的動作還是讓克里斯全身僵硬。

雖然臉上戴著防毒面具，但克里斯覺得游離現在可能在微笑。

「你看，你終於做回自己了。」

游離似乎知道事情一定會發展成這樣，輕聲細語的聲音顯得非常柔和。

克里斯低頭看著自己的手掌。

雖然不記得自己是怎麼做到的，但是克里斯使用了念力而不是獸人化的能力。克里斯現在覺得自己的指尖癢癢的，好像沾了甚麼東西一樣。

「我不知道我是怎麼使出念力的。」

克里斯的聲音都啞了，這一切都讓他感到非常不知所措。

難道自己真的是克里斯．丹尼爾……

「你很快就會知道的。」

游離回答克里斯，並若無其事地走向那團屍體，開始搜查那些異能者的物品。

「這個應該有點用處。」

游離拿了幾樣東西後，用腳踩在他們的肩膀上，扯下了他們的衣服。

在其中一名異能者的脖子，另一名異能者則是肩膀，最後一名異能者身上也紋著被帶刺藤蔓纏繞住的雙手。

「帶刺藤蔓……這應該是他們的標記。」

游離不是為了確認他們的身分，而是在展示給克里斯看。

「把舒緩藥物引進十一月大洲、還有把垃圾丟來十一月大洲都是那個組織幹的好事。」

「……喔，所以交易都是在黑坑進行。」

克里斯似乎搞懂了某些事情，不禁覺得有些恍惚。

他用念力把那三名異能者的屍體整齊地放到黑坑的垃圾堆上，游離則默默地看著克里斯慎重地移動那些屍體。

這不是因為克里斯不想親自動手，而是克里斯發現自己有「第三隻手」可以移動那些東西。

「你真的很浪費超能力。」

「我這樣算是浪費嗎？」

「你可以一次移動三具屍體的。」

「因為物體的重量會影響到使用念力的程度，所以我覺得一次移動三具屍體比較浪費能力。」

就算是異能者也不能隨隨便便使用能力，每個人的能量都是固定的，如果使用越多能量就需要接受越多舒緩課程。

越是普遍的能力就會有越多人研究出更有效率的使用方法。雖然克里斯・丹尼爾的念力不是非常普及，但相較之下念力的研究資料算是豐富的。

對於極光來說十一月大洲是他們嚮往已久的土地。因此許多研究人員抱持著使命感，想要解救深陷十一月大洲的人民。另外許多擁有念力的異能者雖然等級不是太強，仍會主動提供自己的經驗給研究人員。

「重量越重，消耗的能量也越多，所以相同的重量分成多次移動會比一次性移動還要省力，這個論點是適用於一般的異能者沒錯。」

游離默默地說道。

「但是你不一樣。」

游離沿著那幾名異能者巡邏過來的路線走去，對克里斯說明。

「你擁有強大的專注力，而且會計算施力的方向後再快速移動，在你受過專業訓練前你就已經善於打鬥。」

克里斯越聽越覺得游離口中過去的自己，是一名非常陌生的人。

「我聽不太懂你在說什麼。」

克里斯用顫抖的聲音低聲說道，他才剛剛領悟到要怎麼使用念力，當然不可能馬上就像以前一樣得心應手。

克里斯從極光甦醒的時候所有的目標都明朗清晰，但自從他開始尋找自己的過去後，目標和意志就漸漸背道而馳。

就連一直以來所使用的獸人化能力也轉變為另一種完全不同的超能力。

克里斯還是比較習慣變身為野狼和敵人打鬥的模式。

「我希望你可以忘記你在極光中學到的理論和效率。」

游離直截了當地說道。

「那些都是為了模仿和追趕你才研究出來的結論，你根本不需要那些東西，因為你已經『知道』那些方法了。」

游離和克里斯隔著防毒面具互相注視。

「就算你追尋那些試圖追上你的人，也只不過是在尋找自己過去的痕跡而已。你不需要追上他們，而是要超越他們。」

游離的紫色眼睛隔著防毒面具，散發出銳利的目光。

「就像之前一樣。」

一直以來非常厭惡異能者的游離，比任何人都了解克里斯．丹尼爾的能力。

是因為克里斯對游離來說有利用價值嗎？

『我也不知道。』

克里斯緊閉雙唇，邊行走邊測試自己的超能力。

他的周遭彷彿鬧鬼似的，鋼筋和磚頭都飄浮在空中，然後克里斯再小心翼翼地放下它們，因為他不想要製造出太大的聲響。

刺鼻的味道漸漸和海水的鹹味混合在一起，一股帶著鹹味的寒風不斷吹拂過來，彷彿是想要吹散黑坑的惡臭。

接著他們走到了港口臨時搭建的貨運櫃。

克里斯把食指放到唇邊示意游離安靜。

游離用手勢詢問道。

『有幾個人？』

『兩個。』

『要把他們抓出來嗎？』

克里斯搖搖頭，然後用手指向自己。

意思是交給自己來處理，既然事情發展成這樣，克里斯想要再測試一下自己的超能力。

游離點了點頭。

克里斯悄悄地靠近貨運櫃，從窗戶瞄了內部一眼，看到好幾把槍掛在牆上。

「煩死了，我們到底還要被困在這個垃圾場多久？」

「他們不是說還剩下一趟嗎？妳以為要找到一個讓大型船隻靠岸的港口很容易嗎？」

「你先給我一些藥。」

「妳再這樣下去，要是任務失敗了怎麼辦？」

另一名異能者邊碎碎念邊把藥物和針頭遞了過去。女人把藥裝進針頭內並伸出手臂，她的手臂上佈滿了傷痕和針頭注射的痕跡。

「呼……」

女人身體往後靠，瞇起眼睛發出咯咯的笑聲。貨櫃裡的另一名異能者轉過頭去，似乎覺得女人的樣子讓人很不舒服。

克里斯開始使用超能力。

「咦？呃呃……槍都飛起來了，難道我快死了嗎？我竟然出現幻覺？」

剛才注射藥物的女人低聲說道。

「妳在說什麼啦？」

另一名異能者聽著女人的瘋言瘋語，轉過頭看到飄浮在空中的槍指著自己，嚇得渾身發抖。

「妳、妳沒有瘋，這不是幻覺！妳清醒一下！」

「你幹嘛啦，一點都不好笑，不要胡說八道。你也不要硬撐了，趕快打一針，在我們回去之前是不可能接受舒緩課程的。」

「拜託妳清醒一下！」

沒有用藥的異能者拿著自己的武器瞄準空氣大喊。

「你是誰？快出來！」

克里斯似乎就在等他說這句話，克里斯把那名異能者的杯子打破。噹啷！一聲，那名異能者反應靈敏地朝著地板開了一槍，但是卻沒有一滴血濺出來。

「媽的……難道不是隱身超能力嗎？那這是什麼？風嗎？」

「你不是說外面很臭所以把門關起來了嗎，哪還會有什麼風？擁有那種稀有能力的異能者怎麼可能會來這種髒亂的地方？」

女人的藥性發作，邊咯咯笑著邊低聲說道。

「你因為和一群瘋子一起被困在這裡也瘋了吧？那個誰，一定是能移動金屬物的那個人在跟我們開玩笑，喔，我有點反胃。」

可能是因為女人還沒有感受到威脅，所以她嘔了幾聲又躺回去了。

因為槍口一直瞄準女人的方向，所以那名夥伴沒有靠近女人，不過他卻非常心急地想把女人趕走。

「我要出去！不管妳的死活了！」

雖然他們一起在這裡進行祕密任務，但是兩人之間似乎缺乏信任感，這對克里斯來說是件好事。

就在那名異能者打算開門逃走的時候，卻發現門把被壓扁了。

「怎、怎麼會這樣？」

「呃，那三個人是想要殺了我們兩個，然後獨佔藥物嗎？」

「我不知道，喂、放我出去！」

「我沒有聞到喜歡玩火那傢伙的味道啊……」

藥效發作的那女人歪了歪頭，這時克里斯把漂浮的手槍對準了女人的太陽穴。

「啊！我認輸，拜託放過我！」

女人笑嘻嘻地高舉兩隻手，雖然女人的藥效發作了，但看來女人原本的個性也不是很正常。女人的夥伴嚇得魂飛魄散，用自己的身體去撞門。

一個人只是用身體去撞鐵製貨櫃，卻能讓貨櫃真的晃動了。看來女人的夥伴也是一名身體強壯的強化系異能者，可以讓身體變得非常堅硬，因為他的指尖在發光，門也被撞歪了。

如果剛才可以控制鋼筋的傢伙和這名異能者一起合作的話，克里斯能會難以招架，因為那個能力就像是擁有隱形的翅膀一樣。

『雖然這跟他們兩人之間的匹配度也有關係……』

克里斯漫不經心地在計算敵人的實力，然後就跟從裡面逃出來的異能者四目相交。那名異能者喘著氣，發現克里斯以後驚嚇地睜大雙眼。

「你是誰？」

「這應該是由我來問你，不過，」

游離對那名異能者說道。

「如果你可以讓自己的身體變得像鐵一樣堅硬，酷刑對你來說應該沒有用……」

還是直接把這種危險因子去除掉比較好。

破爛的鐵門緊緊把男子束縛住，就像繃帶纏繞在身上一樣，突如其來的壓迫感讓男子無法呼吸。男子胸前的壓迫感越來越強大，男子急忙將自己的身體變得如同金屬般堅硬，以防繼續被壓迫，但是防禦式戰鬥是撐不了多久的。

男子很疑惑對方這到底是什麼能力？難道剛剛出去巡查的那三個傢伙也遭到這名金髮男子的毒手嗎？

男子的腦海中閃過各式各樣的想法，但是他卻沒想過自己可能馬上就會死掉。因為男子現在的狀態，不管是拳頭還是刀子應該都奈何不了他。

「慢走不送。」

克里斯剛說完，男子就感覺到自己飄浮了起來，接著……

匡噹！

變得如同鐵塊般沉重的男子被丟入了大海，男子感覺到自己漸漸沉入海中，開始拚命地划動手腳，可惜男子的泳技似乎不怎麼好。

他身上的光漸漸地越來越黯淡。

克里斯站在敞開的門前面，藥效發作躺在床上的女人眼睜睜地看著自己的夥伴被混濁的海水吞沒。

「我的老天……你殺了他嗎？」

女人搖搖晃晃地站起身來，克里斯已經做好抵擋她攻擊的準備。但是女人完全不在意有把手槍抵著自己的太陽穴，反而走到貨櫃的角落抱著一個箱子開心地說道。

「那這些都是我的了。」

克里斯看著女人抱著箱子嘻皮笑臉的樣子，便用鐵門的殘骸把她的手綁了起來。雖然這樣不足以控制女人，但是女人的太陽穴還抵著一把手槍，應該不敢輕舉妄動。

其實那把槍只是障眼法，如果女人敢動游離一根寒毛，克里斯會立刻殺了女人。

克里斯對游離打了暗號，游離走了過來。克里斯退後一步，給游離看那名手被綁住抱著箱子的女人，然後對游離說道。

「我照你說的留了一條活口。」

「你這種時候還真聽話。」

「她剛剛注射了藥物，沒有加入打鬥，所以我才能留她一條活路。我還不太清楚她的超能力是什麼。」

「沒關係。」

克里斯感覺到游離正在釋放舒緩能量，游離的能量如同霧氣般散開，籠罩了這一整片區域。

女人收起笑容看向游離這邊，她歪著頭如癡如醉地看著游離。

「我剛才……注射太多藥了嗎？」

「妳的超能力是什麼？」

游離問道。

「減少摩擦力，但是我必須要接觸物體才能施展超能力。剛才被你們丟進海裡的異能者負責保護我……然後我也會幫忙卸貨。」

女人乖乖地回答問題並突然開始啜泣，跟之前一直傻笑的形象非常不一樣。

她邊哭邊打量著戴著防毒面具的兩人，但除了一個是金髮、一個是黑髮以外什麼都看不出來。因為藥效的關係，他們的頭髮似乎看以來也有點半金半黑。

不對，還是他們有四個人嗎？

「雖然我不知道你們想幹嘛，但是我是個很善良的人。不對，我騙人的，我也殺過人。」

女人胡言亂語，她說話的內容毫無邏輯，好像是想到什麼就說什麼。

「但是我真的不想做壞事，你知道嗎？他們每天都逼我開車，然後在我旁邊用火燒人……還一直要我製造紛爭……我就是受不了才來這裡想做點別的事，結果我現在要死在這裡了嗎？」

女人哭哭啼啼的樣子讓人大開眼界，女人哭一哭之後，又把臉塞進裝滿藥物的塑膠袋裡。

「太好了，看來她參與過殺人案件，那應該可以加以利用一下。」

游離用手按著耳機並說道。

「羅建，我發一個座標給你，我找到一個新的黑坑。不用，我制伏他們所有人了。這裡只有五個哨兵，領頭的好像回去載貨了。嗯，在這裡攔截下一批貨。」

暫時還屬於極光的克里斯假裝沒有聽到游離說的話，繞著貨櫃查看。這時克里斯在貨櫃的一角發現了某個東西，那個東西在海面反射的陽光照射下閃閃發光。

克里斯蹲下來，在貨櫃和地板的縫隙中看到一個半融化的糖果盒。

上面的商標是六月大洲上非常有名的糖果品牌。

『這是這裡的哨兵吃完後亂丟垃圾，然後滾到貨櫃下方的嗎？』克里斯會注意到它是因為那是在六月大洲上隨處可見的商標。

克里斯翻到盒子背面時，嚇了一大跳。

〈安德蕾雅〉

上面歪歪斜斜地寫著安德蕾雅的名字。

這是一條新的線索。

☆☆☆

克里斯馬上告訴游離糖果盒的事情。

雖然安德蕾雅的糖果盒被壓得歪七扭八，但是克里斯還是輕易地打開了糖果盒。

盒子裡面有一張芯片，游離拿出芯片仔細查看了一下。

上面刻著被帶刺藤蔓纏繞的手，跟之前那三個人身上的刺青一樣。

「你有帶著破解的手機嗎？」

克里斯默默地拿出手機，游離立刻把芯片插進去，接著手機跳出了一份資料。

那是一份公司的名單。其中大部分都是建設公司和廢棄物清運公司，另外也有幾家物流公司。

游離打算繼續查看其他資料，但是其他資料都被鎖住了。克里斯看著游離臉色沉重地跳回原本的目錄，克里斯問道。

「這些是建造黑坑的公司嗎？」

「這要調查後才知道。」

游離抽出芯片回答道。

「但是我覺得我已經知道答案了，你呢？」

克里斯沉默了一下回答道。

「光是留在這裡看守的異能者就有五個人，雖然非官方的異能者比想像中的多，但是他們是有系統地組隊，並且配有槍枝。」

現在的人民幾乎都不需要槍枝，因為殺傷力更強大的異能者在保護人民的安全，人民根本用不到槍。極光曾經說過，人民應該把資源都集中在重建世界上，而不是專注於製造互相傷害的武器。

需要到處奔走以維持運作的軍火商已不復存在，所以人民也就接受了極光的說法。

所以現在流通在市面的武器非常稀少，持有武器的人也寥寥無幾。

「除了十一月大洲的黑手黨，可以配給所有異能者武器，又可以供給舒緩藥物的組織……」

就只有一個。

克里斯張大嘴巴，一股可怕的念頭從克里斯的腦中升起。

搞不好安德蕾雅不是栽在敵人手中，而是栽在同一陣線的人手上。

「你沒搞清楚狀況就盲目跟隨的老闆好像是個很可怕的人。」

游離低聲說道。

「那個女的，是不是對舒緩藥物上癮了？」

潔西卡說過舒緩藥物有洗腦的效果，如果是在藥效發作的情況下傳達命令，他們就會以為是自己自願想做的。

雖然現在很難調查到是誰製造出能控制異能者的舒緩藥物，但很明顯地可以看出來那些人製造這些藥物的原因。也許舒緩藥物是在因緣際會下製造出來的，但是當那些人知道舒緩藥物的功效以後，便打算拿它們來控制異能者。

那些人想要建立一支言聽計從的異能者軍隊，所以冬季大洲上的非官方異能者就變得非常受歡迎。

無法像一般人一樣生活的「無身分之人」；沒有舒緩課程就活不下去，並經濟困難的人；熟悉黑手黨事務，殺害同類也不覺得道德淪喪的人。

還有，如果有藥物可以替代舒緩課程就會想要試試看的人。

雖然說舒緩藥物是備用方案，但是也是一個重要的武器，因為那些人沒有身分，即使讓他們出任務，也不用擔心會露出馬腳。

就像剛剛那個女人提到的殺人事件一樣。

藥物的副作用讓女人在游離的提問下洩漏了自己的祕密。

「那個帶刺藤蔓的主人就是你的敵人嗎？」

克里斯問游離，游離看著克里斯說道。

「不是。」

游離好像是從很久以前就決定好似地，冷冷地說道。

「他是我的獵物。」

＊＊＊

游離和克里斯在黑坑等到羅建及其他白夜的人員到達之後才離開，他們騎乘雪地摩托車回到金城市區，然後把雪地摩托車交給在那邊待命的蔡斯·達頓。

克里斯和游離搭車回到八區的路程中，他一句話都沒有說。

克里斯似乎知道為什麼大家都說丹尼爾是游離的獵犬了。游離從很久以前就計畫要獵捕隱藏在極光背後的幕後主使者。

兩個人曾經一起進行了長時間的狩獵，邊等獵物出現邊驅趕其他人。

『那我為什麼會脫離游離的陣線呢？』

真的是不可避免的意外，還是有別的原因？

精疲力盡的克里斯回到家，洗完澡以後躺在床上。雖然克里斯必須縮著雙腿，但是一躺上床鋪還是感到一陣倦意席捲過來。

與其說是身體上的疲勞，不如說是精神上的疲勞。

克里斯的手都沒抬，就把房間的燈關上，眼皮漸漸變得沉重。

滿腦子雜亂思緒的克里斯突然感到一陣奇異的感覺，雖然不是被監視的感覺，但就是覺得哪裡怪怪的。

『怎麼回事？』

是因為被白夜綁架回到極光後，第一次使用念力傷害人才會有這種感覺嗎？

克里斯回想今天一整天發生的事之後，終於明白為什麼會有這種違和感了。

這個房間太安靜了。

『隔壁鄰居為什麼這麼安靜？』

沒有任何噪音打擾克里斯休息。

但是克里斯太過於疲倦，沒有餘力思考隔壁為什麼這麼安靜。

『明天再說吧……』

克里斯慢慢地閉上眼睛。

清晨，克里斯手機螢幕亮了，克里斯醒來查看手機，是老鵠隊表示要召開會議討論未來的調查方向。

老鵠隊已經失去吉利恩、阿帕爾納還有安德雷雅三名隊員了，卻沒有查到任何關於克里斯・丹尼爾的下落。雖然陽特曾經申請要回到極光本部，卻遭到拒絕，因此陽特認為他們必須再討論一次調查方向。

克里斯為了讓自己清醒，起身刷牙並走到陽台，但卻突然停下腳步。

隔壁的陽台上站著一名不速之客。

「……游離？」

目瞪口呆的克里斯脫口而出游離的名字。

克里斯還在懷疑自己是不是在作夢，游離就已經轉過頭去。雖然是大清早，但是游離的打扮像是剛剛才回家一樣。

游離的手中拿著一根燃燒中的雪茄。

克里斯這才注意到自己手中還拿著牙刷。

「你為什麼會在我家隔壁？」

克里斯評估了一下隔壁陽台到自己家的距離，就算不用念力似乎也可以跳到隔壁去。

游離沒有回答，而是默默地抽著口中的雪茄。游離抽著雪茄的樣子讓人覺得有點煽情，克里斯不由自主地緊張起來。

游離再次把雪茄放到嘴邊吸了一口。

「我總不能不管一隻沒有狗鍊的狗吧？」

游離又吸了一口雪茄，雪茄的前端泛起微微的紅光。

克里斯緊閉著雙唇。

「我沒想到你會親自監視我，我都被你下禁令了……」

「這個嘛……」

游離吐出口中的香氣，看著天邊破曉的黎明喃喃自語道。

「我怎麼知道你會不會不顧禁令偷偷跑掉，畢竟你現在已經可以使用超能力了。」

游離的視線裡壟罩著一層煙霧，與晴朗的天空形成對比。

克里斯緊閉雙唇，雖然游離不信任並監視克里斯，但是克里斯卻沒有生氣。他只是在思考這個無法讓游離信任的世界。

克里斯溫和地問游離。

「原本住在那裡的人呢？」

游離微微皺了一下眉頭。

「……我不認為他是一個好鄰居，你該不會喜歡他震耳欲聾的歌聲吧？」

「我不喜歡他的歌聲，但我覺得我們不該跟一般人計較。」

游離嗤之以鼻地說道「一般人？」，克里斯雖然用疑惑的眼神看向游離，但是游離並沒有要回答克里斯的意思。

「今天極光找我，所以我要出去一趟。」

「好啊，我今天也要去書店上班，你六點以前回來的話就來書店找我。」

「你為什麼要親自經營書店呢？那應該不是你的興趣吧……」

「從舊時代開始就很流行利用買賣藝術品和古董來洗錢，如果你有錢的話也可以試試看，說不定可以多賺點零用錢……這樣可能也會遇到一個愚蠢的極光成員，一次花個三千克萊蒂幣買東西。」

游離用克里斯的之前的事蹟來吐槽他。

「除此之外，我還會利用書店來監視毒販。」

游離先隨便開玩笑，到最後才說出真正的目的，讓人猜不透游離只是想緩和氣氛還是故意戲弄克里斯。

克里斯認為應該兩者皆是，克里斯所認識的游離不是那種會對別人詳細說明自己情況的人。

游離只是想和他人維持一種不誤會對方也不被對方誤會的關係。

克里斯的結論是游離的個性比較以自我為中心。

「我一直很好奇像你這樣的人為什麼會待在這種地方，但現在終於知道為什麼了。」

「你是在想念游離．木蓮嗎？」

面對游離的提問，克里斯顯得有點遲疑。

「這個嘛，我自己也不知道。」

「真是抱歉，如果時間再充裕一點的話，我應該再騙你久一點。」

克里斯思考了很久才回答道，原本平易近人的聲音變得有些銳利，游離似乎不太滿意克里斯的反應。

「我並不想要回到那時候，如果我一直像當初那樣看待你的話，我就永遠無法知道真相。」

游離盯著自己的異能者看了許久，然後在欄杆上熄掉了雪茄。游離沒有用雪茄剪，等於是浪費了半支雪茄。

就算之後再用雪茄剪修掉雪茄頭，並把雪茄頭整理乾淨，應該也剩不到半支雪茄了。

「你昨天有睡好嗎？」

「我已經習慣失眠了。」

游離冷冷地回答克里斯的問題。

「還有，這不關你的事。」

克里斯聽到這句話，臉上的表情似乎有點扭曲。

「那什麼才關我的事？」

當距離保持太遠時游離會很不開心，但是克里斯想要親近一點的時候，又會被游離無情地推開。游離畫的那條界線很模糊，一不小心就會越界。

克里斯覺得游離很難相處，但是克里斯由無法不徘徊在游離身邊。

這是不是就像個一生的願望是研究某條公式的數學家一樣？

「尋找阿納斯塔西亞才關你的事。」

游離默默地回答，游離的話非常簡短直接，沒有帶著一絲遲疑。

與其說是堅持不懈，不如說那只是一個習慣。克里斯認為那是一種不肯放棄的習慣。

「怎麼樣？你覺得你可以證明自己的用處嗎？」

游離也知道阿納斯塔西亞的下落不明，但克里斯不覺得游離現在提到這件事是為了逼迫自己。

克里斯沒有回答游離的問題，而是開口說道。

「雖然你可能會覺得有點可笑，但我覺得你是一個好人。」

游離對這句話非常嗤之以鼻。

「好人？」

游離覺得克里斯非常荒謬。

「就算把這裡的一切複製到六月大洲最繁華的街道上；就算你在九月大洲上計算著收成的穀物；或是你是一名為了拯救患者而在醫學院認真唸書的學生，我也都覺得很合理。」

在克里斯的眼裡，游離比任何人都認真過生活。

當然游離身上也是有殘酷生活中所留下的影子，游離可以冷血地拿槍指著敵人，殺人也不會感到任何痛苦。就算這麼多年來游離一直與極光為敵，飽受各種誣陷，游離也欣然地利用那些謠言來偽造自己的假面及建立權威。

儘管現實就是如此力不從心。

克里斯覺得如果游離只是一個普通人，那他可能真的會成為一家幽靜二手書店的老闆。

「這樣的你是如何生活在這樣的現實中？」

游離沒有回答克里斯的話。

「真神奇，以前的你絕對不會問我這種問題。」

與其說游離的獵犬是一個人類，不如說他更像是一頭猛獸；如果要說克里斯是外人，但游離和克里斯的生活又息息相關。

所以丹尼爾是不可能會這種問題的，游離也不會回答丹尼爾的問題。

「辦法這種東西是你覺得自己命很好的時候才會思考的，我從小就懂得如果不想沉入水中就要抓著板子掙扎，然後我會再去尋找可以支撐我整個身體的大型木板。」

游離看著克里斯說道。

「因為我必須要活下去。」

太陽在游離身後升起，在高樓林立的六月大洲上是不太可能在這麼寬廣的景色下看到日出的。

克里斯無法將自己的視線從游離身上移開。

「不管有多痛苦都要活下去嗎？」

「對，不管有多痛苦都要活下去。」

游離有時候會這樣想，如果自己成為一個復仇狂，那生活會不會過得比較舒服一點？

雖然現在有很多形容詞可以形容游離，但是如果要用一個詞來形容游離天生的氣質，那就是心思敏感，游離從小就是一名心思細膩的孩子。

游離不是一出生就這麼神經質，一開始只是環境的關係讓游離的心思比其他小孩細膩一點，是游離在生長過程中經歷的事情，讓游離的性格逐漸走上偏執的道路。

游離無法控制自己的潔癖，對異能者的厭惡感似乎也是天生的。但是不管游離有多仇視異能者，都沒辦法治癒他童年的遭遇。

雖然說游離・索伯烈夫對外不公開自己的舒緩者有一部分是為了讓自己惡名昭彰，但追根究柢是游離沒辦法向任何人展示自己無法克服的弱點。如果游離可以更加積極地使用舒緩能量，白夜的發展應該會比現在更具有影響力。

有時候游離也會很氣自己心思為什麼敏感，游離甚至會因為對羅森豪爾的恨意不夠深而自責。

時間完全沒有沖淡傷痛，游離只是戴上面具來隱藏自己最脆弱的部分。他帶著無法消除的厭惡感，變成了現在這種怪胎。

游離非常不滿意這場蛻變，因為他完全沒有擺脫過去。

但是這也不是只有壞處。

游離依照童年的記憶，收集了母親曾經用小提琴演奏的爵士樂唱片。有時候也會在吃飯的時候搜尋父母親提過的書籍，並找到保有那些書籍的收藏家，或是去尋找一些老舊的古董店。

一開始游離是為了避免自己發瘋，現在則是變成一種習慣。即使游離現在雙手沾滿鮮血，但還是樂於尋找童年的回憶。

「對不起，我問了一些奇怪的問題。」

看到游離在回憶往事，克里斯感到有點抱歉。

「你不用太在意，我不會勉強自己回答不想回答的問題。」

游離知道克里斯會這樣問完全是出於無知卻又擔心自己。

有些事情是成為陌生人以後才會知道的。

人們總是會以為自己很了解一切，所以不會加以詢問。

因為人們認為不需要去挖掘那些已知的傷痛。

時間才會知道要如何改變沒有問出口的問題和沒有回答的答案這兩者之前的關係。

只有時間知道。

12 Chapter twelve

舒緩者症候群

Self-Destructive love

陽特召集了老鴇隊所有的隊員一起商討未來調查的方向。杰伊述說了自己在十一月大洲郊區時差點被巡察的白夜成員發現，是杰伊機靈地變化自己的外貌才逃過一劫，對此陽特重新釐清了現在的情勢。

目前只有克里斯被派去臥底，在郊區搜查的陽特和杰伊決定回到市區。原本留守市區的費德里克、亞米德和斯基勒則另外組成新的調查隊伍。

潛入白夜臥底的克里斯也有新的任務，就是要調查在金城市區內非常活躍的「黃眼睛」底細。

「他是游離最親信的下屬，叫做蔡斯·達頓。他是一名行動派主管，所有跟力量有關的事情都是由他出面，是一名性格非常凶殘的雷電異能者。」

「你了解得很詳細。」

「因為把我帶走的人就是蔡斯·達頓，如果我不是尚未對藥物上癮的非官方異能者，我應該無法活著回來。」

「既然你講到藥物上癮這件事……」

陽特沉默了一下繼續問道。

「你真的覺得舒緩藥物有效嗎？」

「我確定那些藥物對異能者有一定程度的影響，但是我沒有親自嘗試過，所以不確定它是否可以取代舒緩課程。」

陽特聽完後回答克里斯。

「如果可以拿到一些舒緩藥物就好了，這樣可以拿去總部的實驗室分析藥物的成分，說不定可以將藥物用在更有益的地方。」

「我去想辦法拿一些回來。」

老鴰隊的會議就到此結束了，克里斯在思考要怎麼執行新的任務。對克里斯來說要拿到舒緩藥物並不困難，但是取得暗中販售的舒緩藥物拿去實驗室分析之後，游離應該又會被冠上汙名。

『我可能要先跟游離報備一下。』

正要走出大樓外的克里斯聽到開門的聲音，克里斯本來想假裝沒聽到，但是卻有人叫住了克里斯。

「克里斯，稍等一下。」

「盧卡。」

開門的人是盧卡。

「如果你有時間可以跟我聊一聊嗎？」

克里斯點了點頭，目前時間還算充裕。

「你最近都住在這裡嗎？有沒有什麼不方便的地方？」

克里斯跟著盧卡走到舒緩課程的房間，看了房間內部後問道。雖然房間裡有舒緩者專用的手機也有靠墊，但是看起來還是有點簡陋。

「還好，至少比一直被警衛跟著好多了。」

極光分部臨時搬到別的地方，雖然守衛變得比較鬆散，但是舒緩者卻變得比較自由。

克里斯一直深信舒緩者的生活是無法兼顧安全和自由的。

但是克里斯現在卻也開始懷疑自己的想法，因為克里斯發現白夜的運作方式跟極光非常不同。

盧卡在門口徘徊了一下，好像是在檢視周圍的環境。克里斯並沒有在走廊上感受到任何人氣，所以在旁邊默默等待。

「你應該沒有忘記我上次幫你保守祕密的事情吧？」

走回房間的盧卡說道，克里斯點了點頭。

克里斯怎麼可能會忘記，就是托盧卡的福，他的謊言才沒有被揭穿。

「如果我上次確實有幫到你的忙，你現在也可以幫我一個忙嗎？」

盧卡的眼神看起來非常小心翼翼也有點期盼，感覺盧卡下定了某種決心。

「我要先知道我幫不幫得上忙。」

盧卡滿意地點點頭。

「你應該在『外面』遇到別的舒緩者了吧？我想和那個人聊一聊。」

「什麼？」

這個出乎意料之外的要求讓克里斯有點吃驚。

「我是說那名不屬於極光的『自由舒緩者』。」

克里斯呆住了，雖然盧卡有可能知道極光以外的地方也有舒緩者存在，但是那些舒緩者並沒有正式的稱謂，至少克里斯從來沒有聽盧卡提過什麼「自由舒緩者」。

克里斯猶豫了一下才開口。

「……這個忙我可能幫不上。」

克里斯還沒搞清楚盧卡的動機，所以不可能貿然帶著盧卡去見白夜的老闆。

「我現在沒有辦法徵得對方的同意，而且我也不知道要怎麼帶你出去。」

盧卡咬了咬嘴唇，盧卡本來以為克里斯是唯一的管道，只要說服克里斯就可以了。

但事情怎麼可能這麼順利，盧卡真的想得太美好了。

「果然如此，我就知道這是一個不合理的要求，但是我從上次見過你以後就一直在想這件事……」

克里斯覺得盧卡看起來有點焦急。

「……你之後就可以回到極光了，我可以知道你為什麼想要見其他的舒緩者嗎？」

盧卡猶豫了一下才開口說道。

「有一種症狀叫做舒緩者症候群，只會發生在舒緩者身上，在總部的內部建築物裡很常見到這種情況。」

盧卡繼續解釋著舒緩者症候群的症狀。

「一開始會覺得身體很沉重有點懶洋洋，然後就會變得意志消沉，每天都感到非常無助。就算想要尋找新鮮的事物，也都無法持續太久，有些人還會因為想家或是想出去走走而哭泣。而且……」

盧卡猶豫了片刻。

「還有一些人會因此自殘或是做出更可怕的事情。」

「什麼？」

克里斯沉默不語，竟然有舒緩者會選擇結束自己的生命？

在外人眼裡舒緩者被保護在非常安全的世外桃源中，極光提供舒緩者生活上所需要的一切，因為舒緩者不能離開內部建築物，所以極光在內部建築物裡建設了各種設施。

有一些外人會諷刺舒緩者是出賣身體換取優渥的條件，但也表示極光提供給舒緩者的環境極度奢侈。

「我想要知道外面的舒緩者是不是也會生這種病，如果是的話他們都是怎麼面對的。」

「……我可以幫你轉達給那位舒緩者。」

盧卡想知道其他舒緩者的生活是什麼樣子。

極光總是告訴舒緩者總部以外的地方都非常危險。

極光裡一年四季都有人造陽光照射到庭院，還有人造的噴水池和一座非常大的游泳池，地下室甚至還有可以假裝賭錢的賭場。每一餐都有按照個人喜好製作的營養餐點，想要進修的話極光也會請老師來教學。

每天的日子都很安穩，不會遭遇任何苦難。

這就是盧卡的世界。

前來開導舒緩者的心理諮商師總是說人們為了生活只能選擇妥協，舒緩者外出的話很有可能被綁架，待在這個受到保護的地方是最好的選擇，舒緩者應該要學著知足。

但是盧卡發現極光外部竟然也有舒緩者過著正常的生活。像克里斯這樣的異能者如果知道有舒緩者處於危險的環境之中，一定不會袖手旁觀，但是克里斯沒有救援那名舒緩者，表示那名舒緩者身處的環境應該非常安全。

盧卡真的非常好奇那名舒緩者的生活，也很想知道保護自己同時也限制自己自由的籬笆外面到底是什麼樣子。

「我……」

克里斯非常猶豫，雖然大概猜得到盧卡為什麼會提出這種要求，但他卻沒辦法給出明確的答案。

游離是黑手黨，他最看不起的就是異能者，所以應該不會對盧卡怎麼樣。但是，把盧卡介紹和極光對立的游離好像不太適合？

『雖然游離應該不會輕易暴露自己的身分。』

盧卡不知道游離的名字，只知道他是「外面的舒緩者」，就算把游離帶到盧卡面前，盧卡也不會想到游離和十一月大洲的黑手黨有任何關係。其實不光是盧卡，每個人看待事情多少都會有偏見。就算現在克里斯在路上大喊游離．索伯烈夫是S級舒緩者，應該也只會被大家當成神經病。

大家都知道舒緩者非常柔弱，他們沒有能力保護自己，必須要依靠異能者。

雖然這個想法很老舊，但是已經在大眾之間留下深刻的刻板印象。

那現在就只剩下兩個問題。

第一、盧卡真會守住外面也有舒緩者的祕密嗎？

第二、克里斯有可能避開所有人的視線，讓盧卡跟外面的人接觸嗎？

克里斯知道盧卡不是壞人，但就是因為這樣克里斯才更不願意把盧卡介紹給「外面的舒緩者」。就連加入極光沒有多久的克里斯都非常清楚自己必須要保護舒緩者，舒緩者如果離開極光完全就是去送死，更何況盧卡已經在極光工作很多年了。

盧卡有可能會有所顧慮，而告訴陽特極光之外還有一名叫做游離的自由舒緩者。雖然極光不可能帶走受到白夜保護的游離，但克里斯就一定會被暴露出來。

因為舒緩者是沒有辦法獨自行動的。

以前克里斯覺得這很正常，但現在知道白夜其實沒有威脅性後，他便開始懷疑極光所謂的「保護」真的是為了舒緩者嗎？

在很久以前，極光剛站穩腳步，游離還沒建立白夜的時候，舒緩者就經常被綁架、被拍賣以及被到處販售。格溫自己也說過，游離就是在拍賣會場救下自己的。不過如果現在白夜發現綁架組織的話，一定會剷除那些組織。

這世界就連昨天和今天都不可能完全一樣，十年前和今年有可能會一樣嗎？很久以前訂定的規則現在還適用嗎？

「我會跟那個人聯絡看看。」

克里斯考慮片刻後，說出一句讓盧卡重新燃起一絲希望的話。

「謝謝你。」

盧卡的臉上露出燦爛的笑容，盧卡長得溫和親切，克里斯心裡想像的舒緩者就是長這個樣子。

如果盧卡稱呼外面的舒緩者為「自由舒緩者」，並懷著這種幻想走出這道籬笆，盧卡應該會像離開溫室的花朵一樣遭受到無情的打擊。

不過白夜的格溫也是一名溫文儒雅的人，格溫就像帶領著異能者的陽特一樣，是舒緩者團隊裡非常有能力的領導者。

但盧卡卻沒有機會成為那樣的人。

克里斯產生一個新想法後站起身來，雖然這想法並非刀片般危險卻也異常鋒利，就連克里斯拿著它的手都會忍不住微微顫抖。但這個情緒卻不能在盧卡面前表現出來。

克里斯必須要去見那名比自己更清楚這一切的人。

＊＊＊

克里斯到木蓮書店的時候，游離正在認真地抄東西。當克里斯說出極光的舒緩者盧卡想要見「自由舒緩者」，並告訴游離舒緩者症候群的事情時，游離鋼筆的筆尖發出了「嘎咿」分叉的聲音。

「舒緩者症候群？」

游離好像想到什麼似的，皺了皺眉頭。

「怎麼可能有這種病。」

游離看著分岔的筆尖，神經敏感地摘下沾到墨水的手套說道。

「極光說他們患有舒緩者症候群是騙人的，真正的病名是憂鬱症，一般人也會得這種病。」

游離露出雙手的那一刻，克里斯不由自主地緊張起來，但是當克里斯看到游離從抽屜拿出一雙新手套的時候，克里斯感到安心的同時卻又覺得有點惋惜。

「雖然他們在病歷上還有新聞中都是說舒緩者症候群這個詞。」

游離重新戴上手套，扣上鈕扣對克里斯說道。

「他們為什麼要這樣做？」

克里斯費解地問。

「這樣才會讓他們看起來不是一般人，而是稀有的舒緩者。」

游離淡淡地說道。

「這是為了控制舒緩者，也是為了塑造舒緩者的形象。你想想看，如果極光的舒緩者得了憂鬱症，大家會怎麼看待他們？可能會有人覺得他們太不惜福……」

「也可能會有人覺得極光的運作有什麼問題。」

「對，就是因為這樣，他們才會說那種症狀是舒緩者症候群，但你看了處方箋就會知道那些都是治療憂鬱症的藥。」

游離諷刺地說道。

「可能會有人覺得被關起來不能跟外界聯繫而得了憂鬱症的人很可憐，但是不會有人覺得吃飽喝足無所事事的小豬很可憐。」

克里斯哼了一聲。

「原來極光是把舒緩者都當成家畜飼養。」

「他們甚至還安排好了擠奶的時間表，不過托那些家畜的福，那裡的員工福利倒是不錯。」

克里斯這才領悟到舒緩者根本就不算是極光的「員工」。珍藏的貴重物品就僅僅是物品，不可能變成人的。

「那你要去見盧卡嗎？」

「這陣子光是疑似綁架或非法交易舒緩者的事件就有幾十件，也許他們被綁架還比待在極光好。」

極光非常盡力保護舒緩者的安全，雖然他們會忽視等級較低又毫無用處的舒緩者，但是極光需要業績的時候也是會拯救等級低的舒緩者，並往自己的臉上貼金大肆宣揚自己的作為。極光甚至還會煽情地表示雖然無法阻止白夜的人綁架舒緩者，但是極光一定會把那些舒緩者救回來的。

游離可以為了自己做過的事情負責，接受各種批評。但是游離沒有辦法接受大家用莫須有的罪名誣賴自己。

「……有什麼需要我幫忙的嗎？」

克里斯無法不在意極光，克里斯在十一月大洲待的越久、越了解極光，就越覺得自己所知道的極光對舒緩者來說根本就不是一個好歸屬。

雖然克里斯也想過是不是因為游離只傳達一些比較偏頗的資訊，但是游離不太可能偽造潔西卡的紀錄、達頓兄弟的忠誠和福爾圖娜的記憶。

如果那些資訊都是經由白夜得知的，克里斯可能還會產生懷疑。但是極光成員傳達的資訊也都指證極光的內部真的不太正常。像是失蹤的安德蕾雅、關於黑坑的一切、還有盧卡現在的反應。

非正式開發的舒緩藥物、黑坑裡手持非十一月大洲所生產武器的異能者……

各式各樣的人證物證都擺在克里斯眼前。

「你現在是打算正式背叛極光嗎？」

克里斯聽到游離的問題不禁垂下雙眼。

克里斯突然覺得眼前這名明明知道自己還不是克里斯・丹尼爾，卻還要試探自己這種問題的男人有點討厭。

克里斯思考了一下自己是從何時開始走偏的，克里斯認為從一開始自己覺得那雙紫羅蘭色眼睛很美艷的時候事情就無法回頭了。

「我還沒有想過要不要離開極光，當初因為我什麼都不懂，所以我認為跟著極光的腳步應該就不會出太大的差錯。」

克里斯是在六月大洲覺醒成異能者的，所以加入極光是非常理所當然的事情。雖然感覺上克里斯一開始加入極光是身不由己，但是克里斯也沒想過要離開極光，因為克里斯認為這些是自己應盡的義務。

但是當克里斯意識到看似光鮮亮麗的舒緩者都只是假象以後，克里斯覺得自己沒有理由繼續留在極光了。現在牽絆住克里斯的就只有那一絲絲的本能而已。

『你自己跟他說。』

克里斯在心中對失去記憶的自己大喊，然後對游離說道。

如果克里斯還沒認識游離，如果克里斯的生活依舊無趣，克里斯可能會遵循著極光的政策生活。但是現在情況不同了，既然克里斯現在知道極光的敵人是游離，那克里斯就只能選擇和極光對立。

當游離對克里斯進行舒緩課程時，隨著游離留下的痕跡，滿腔的情感已牢牢地刻印克里斯在血肉上。不論那些情感是愛還是恨，都已經成為克里斯身體裡不可分割的一部分。

「我想待在你身邊。」

克里斯認為堅持自己不是克里斯．丹尼爾已經是無謂的掙扎。克里斯覺得自己對游離的迷戀和欲望與日俱增，當克里斯看著游離的生活，就發現自己已經無法再否認對於游離的感情。

克里斯在游離身上感受到自己在極光中未曾感覺到的情緒，那種情緒就像五彩繽紛的色彩，渲染進克里斯枯燥乏味的生活，克里斯現在已經無法抹除那些色彩。

游離伸出手抓住克里斯的衣領，把克里斯拉到自己的面前。

在外人眼裡，目前的情況看起來就像是書店老闆和客人在接吻，克里斯的臉非常靠近游離，與其說是興奮，克里斯現在反而更感到緊張。

游離仔細地端詳克里斯的臉，他的眼神非常冷淡，彷彿是想要觀察出克里斯的話中是否帶有一絲謊言。

如果說克里斯是因為游離才想要掌握自己的人生，那麼游離又是為了什麼而活呢？

「你果然是很會說大話，你明明就不知道你欠我什麼，也不知道該怎麼償還我。」

克里斯感覺到游離的殺氣，游離的視線強烈到似乎可以在克里斯的肌膚上劃出幾道傷口，並讓對方全身無力跪在自己腳邊。然而克里斯卻只是垂著雙手倒在游離身上。

游離此刻非常生氣。

因為克里斯明明忘記兩人之間的一切，說的話卻還是像從前一樣。

就算克里斯失去記憶，克里斯還是記得某些情緒。

「你最好趕快想起過去的一切。」

游離的手輕輕地鬆開克里斯的衣領，衣服的勒痕在克里斯的脖子上留下淡粉色的痕跡。

在游離鬆開衣領後，克里斯過了一會才開始深呼吸，游離則是默默地看著克里斯的肩膀不斷起伏。

「我會盡快想起來的。」

游離冷眼地看著恢復正常呼吸後，承諾自己的克里斯。

「我會想起來的，所以……」

克里斯把頭靠在游離的手上，克里斯不是故意的，而是本能地向游離示好。

就算游離剛才掐住克里斯的脖子，克里斯也絲毫不在意。就算克里斯感覺到游離對自己有殺意，克里斯也不會怎麼樣。

因為游離是自己的舒緩者。

「請你不要丟下我。」

「不要丟下你……」

游離像是哼歌一樣學克里斯說話，游離用手撫摸著克里斯的頭髮，就像疼愛一隻狗一樣。而克里斯覺得這種感覺有點熟悉，好像是不久以前曾經感受過一樣。

克里斯在游離有力又溫柔地撫摸下慢慢閉上眼睛，頭髮滑落的聲音顯得非常悅耳。

「明明就是你自己留下一大灘鮮血消失的，然後戴著極光的狗鍊出現，隨意接受他人的舒緩課程，現在竟然還叫我不要丟下你？」

如果光是聽到游離嗤之以鼻的聲音，會以為他正焦急地在尋找走失的狗。也有點像是在訓斥自己的狗為什麼要隨意跟別人走，或是在責備自己的狗為什麼要亂吃零食。

游離說的話有點奇怪。

「你明明就什麼都不記得，竟然還敢對著我搖尾巴，要我不要丟下你。」

游離的嘴角微微上揚。

「你不只沒有過去的記憶，你還不知廉恥。」

克里斯滿心的期待瞬間破滅，克里斯心裡想要退後一步，但是游離依然撫摸著克里斯的頭髮。

游離盯著克里斯看了一下，然後說道。

「好，既然你這樣要求，那我就不會丟下你。」

這句話讓克里斯心裡一震。

「你有聽懂我在說什麼嗎？」

游離的手伸進克里斯的頭髮裡，雖然頭皮被拉扯的感覺讓克里斯有點痛苦，但是克里斯仍然直直地盯著游離的紫羅蘭色眼睛，沒有發出一聲哀號。

「如果你敢再忘掉這一切，又戴著別人的狗鍊到處遊走，我一定會再把你抓回來。然後在你的腳踝上穿一個洞，再套上一個扣環，讓你無法再掙脫繩子逃走。我還會在沒有打麻藥的情況下用滾燙的鐵鏽水讓你的骨頭和鐵鍊黏在一起，所以不管你想要去哪裡，你最好想清楚再去。」

游離說著一定會把克里斯綁在身邊，但眼神中流露出的不是憤怒也不是煩躁。

克里斯知道游離這個人不會隱藏自己的不滿。

「我來安排你和極光的舒緩者見面。」

克里斯似乎很滿足，淡淡地說。

克里斯向陽特申請舒緩課程後，趁著外人不注意時，把破解的手機交給盧卡。克里斯打算在沒人監視盧卡的傍晚時間讓他和游離視訊。

幸好極光沒有檢查舒緩者的隨身物品，如果是在極光總部的話，是不可能用這種方式讓盧卡跟外人接觸的。

克里斯沒有留在盧卡這邊，而是待在游離的身邊，福爾圖娜已經連好訊號，馬上就可以開始視訊。

一到約定的時間，盧卡就打來了。盧卡可能有一點尷尬，他非常不自在地看著視訊畫面。

「聽說你想要見我？」

游離對著畫面問道，畫面中的盧卡點了點頭。游離這邊的鏡頭已經關掉了，所以盧卡只能聽到游離變聲後的聲音。

「你好，我是C級舒緩者盧卡，隸屬於極光。」

游離聽到盧卡溫和的聲音後也回應道。

「我是A級舒緩者，但我無法表明我的身分和名字，還請你見諒。」

克里斯知道游離絕對不只屬於A級，游離至少是S級或是更高級。如果游離等級沒有那麼高，那他是不可能同時應付S級異能者克里斯．丹尼爾以及其他對舒緩藥物上癮的異能者。

「我了解，可以跟你談話我已經很滿足了。」

盧卡應該有點緊張，他拉了一下自己的衣服。

「如果你想來找我，我也不會阻止你，但是你現在無法自由行動。」

「是的。」

盧卡的聲音聽起來有些苦澀。

「但是我認為為了舒緩者的安全，這點犧牲是必要的。等級高的舒緩者還有可能自由行動，但是聽說像我這種等級不高的舒緩者離開這裡就會處於一個極度險惡的環境中。」

「聽誰說的？」

「我遇過很多在外面被人欺負，然後被極光拯救的舒緩者，他們每一個人都說外面的世界就像是地獄一樣。」

「喔喔。」

克里斯站在游離的身邊，看到游離的嘴角微微上揚。

「他們真的很會利用別人……」

「你說什麼？」

盧卡似乎是沒有聽清楚游離的喃喃自語，因而提出疑問，盧卡很擔心自己分心會讓游離感到不舒服。

「沒什麼，我聽說你有問題想要問我？」

盧卡有點猶豫，現在的他看上去一點都不像那名輕鬆自在的舒緩者。

克里斯突然意識到盧卡面對異能者和舒緩者的方式完全不一樣。

「我很好奇在外面世界自由自在的舒緩者過得是什麼樣的生活，是不是真的身處於危險之中？」

「我現在當然是身處於危險之中。」

盧卡聽到游離這樣說，感覺有點失望。雖然盧卡知道游離不會講一些好聽的話引誘自己，但也沒想到他會這麼直接了當地潑自己冷水。

「但不是因為『我是舒緩者』，所以才很危險。」

這瞬間盧卡露出了讓人難以形容的表情。

那個表情有點像是被雨水打到抬不起頭，然後在隔天的陽光下重新綻放出清新香氣的花朵；也有點像是被關在監獄等待著赦免的日子到來，卻又突然祈禱那天不要來臨的囚犯。

「……真的嗎？難道你身邊的人不知道你是舒緩者嗎？還是你身邊沒有異能者？」

「你可以不用相信我，因為我知道被關在鳥籠裡的鳥兒發現籠外有更廣闊的世界時，牠們的擔憂會大於高興。」

「……」

盧卡沉默了。

「你跟我在極光見到的舒緩者很不一樣。」

游離很積極、勇於挑戰和堅毅。

雖然游離讓人有距離感，卻又很令人著迷。當人們遇到一個和自己完全不同的人時，總是會不由自主地被吸引。

「為什麼？你覺得我跟你是不同世界的人嗎？」

游離笑了。

「我在十九歲以前的處境跟你一樣，在我抓傷主人的手背之前，我也是隻鳥籠裡的鳥。」

鳥籠裡的鳥。

這個說法實在太不適合游離了。

克里斯一邊思考這種違和感，一邊猜想誰有能力關上那扇籠門。

『……羅森豪爾。』

雖然克里斯失去記憶，但是要聯想起這個讓游離非常憎恨的人並不困難。

羅森豪爾是異能者聯盟三位創始人之一，也是極光真正的老闆。

這個名字對於克里斯的意義也變得和以往不同，因為克里斯的內心有一團火在燃燒。就如同死灰復燃的烈火，沉睡在克里斯心中的情緒也開始沸騰起來。

「你似乎不太相信我說的話。」

盧卡喃喃地說道。

「這太讓人不敢相信了。」

盧卡光是聽到自己所在的溫室不是舒緩者的全世界，都讓人難以置信了。更何況現在還聽到外面的世界裡有一名舒緩者跟自己一樣曾經住在溫室中，盧卡的臉色變得非常蒼白，好像隨時都會昏倒一樣。

「先開啟這次談話的人是你，也就是說是你想要有些改變。但如果你無法相信我說的話，那我覺得我們現在就可以掛掉視訊了。」

游離慢條斯理地說道。

「因為這對我們來說也是很冒險的事情。」

盧卡控制了一下自己的表情，雖然盧卡的臉色看起來還是不太好，但是盧卡認為現在自己已經做好表情管理了。

「如果像你一樣生活在外面的世界，是不是就不會有舒緩者症候群？」

「世界上根本就沒有舒緩者症候群這種東西。」

游離很討厭異能者，但他對於舒緩者的態度也沒有非常友善。游離把對克里斯說過的話原封不動地說給盧卡聽，一點都沒有摻加善意的謊言。

「你和你夥伴們得的是憂鬱症。」

盧卡的雙手發白，投影畫面顯露出盧卡震驚到無法動彈的樣子。

「憂鬱症，你說我們得的是憂鬱症……但是醫生說……」

「對啊，極光花錢雇用的醫生當然會跟你們說那是舒緩者症候群。」

「可是……」

「極光跟大家說舒緩者的病需要專業的醫務人員處理，也順便操弄了媒體。他應該很得意可以把你們玩弄在手掌心中。」

游離看著自己的手說道，游離似乎非常了解極光的劇本。

盧卡的臉色越來越蒼白。

「除了別人給你的好處以外，你在極光能做什麼事情？除了那些原有的課程和極光安排的休閒生活以外，你有其他選擇的權利嗎？像是去上課或是認識非舒緩者以外的朋友之類的？」

游離繼續追問盧卡。

「你們連跟異能者都不能自在地互動，他們就是一群吸血鬼，也是一群隨時會變成怪物的變態。」

克里斯面無表情地聽著游離批評極光。

「極光說他們會保護我們。」

「對啊，他們是在保護你們。」

游離接著說道。

「保護你們不要知道真相。」

空氣突然一陣靜默。克里斯看到盧卡的手搖搖晃晃地伸向手機，表情看起來非常猙獰，一副要哭不哭的樣子。克里斯突然覺得這樣對待盧卡是不是有點太殘忍了。

盧卡終究沒有掛斷視訊。

他的表情非常痛苦，緩緩地開口說道。

「如果我離開這裡，舒緩者症候群就會好轉嗎？」

「至少你可以像一般人一樣，去找醫生開憂鬱症的藥。」

「像我這種C級舒緩者……有沒有辦法讓我逃過白夜的追捕，過著正常人的生活？」

「辦法是人找出來的。」

游離回答道。

游離的聲音聽不出一絲溫暖，他沒有安慰盧卡也沒有為盧卡加油。

「但有一件事是非常確定的，就算你想留在極光試著改變這一切，那也是不可能的。」

盧卡只要一想到自己每天都要吃同樣的食物、見同樣的人、做同樣的事，就感到非常痛苦。

「如果你覺得現在的生活很適合你，那你就繼續忍耐。但你千萬不要因為好奇自由舒緩者的生活，就到處宣揚。雖然你這次運氣很好，也不保證下次還會這麼好運，你可能成為殺雞儆猴的對象。」

「就像我一樣。」

游離親切地補充說道，雖然游離非常親切地警告盧卡，但從盧卡的立場來看，世界上真的沒有比游離更狠毒的人了。

但是盧卡還是一直在想，游離為什麼要答應這場對自己毫無好處的談話？

盧卡不過就是一名C級舒緩者，現在孤零零地待在十一月大洲。

「殺雞儆猴。好，我懂你的意思了。」

盧卡逐漸恢復冷靜。雖然盧卡的內心還是非常激動，但是盧卡儘量把激動藏在心中，表現出一種自己想從這次談話中得到更多收穫的樣子。

游離透露了「適當的真相」給盧卡，雖然隱瞞了自己的身分，但是關於外部舒緩者的部分他卻沒有撒謊。

一結束對話掛掉視訊，游離就點燃了雪茄，臉色看起來心事重重。

游離深吸一口雪茄後吐出的煙霧在漆黑的夜空中慢慢散開來。

那雙紫羅蘭色眼睛彷彿蒙上一層霧氣，看起來沒有平常清澈，只感覺到一絲黯淡的光芒。

不知道為什麼，克里斯突然害怕游離會離開這裡，去一個自己不知道的地方。

克里斯開口說道。

「當我跟你說盧卡想要見你的時候，我還以為你會拒絕。」

「為什麼？」

游離慢慢地轉過頭問克里斯。

「因為這對你來說一點好處都沒有，也不會造成極光內部舒緩者的紛爭……」

游離「喔」了一聲，然後笑了。

「我做事情沒有一定要從中獲得什麼利益。」

游離的聲音非常悠閒，就像他口中吐出的雪茄菸霧一樣。

「你知道為什麼極光的舒緩者都不敢離開極光嗎？」

克里斯思考了一下。

「我想是因為他們都聽說流浪在外的舒緩者過得非常悽慘。」

「沒錯，不會有人明知高塔外面是懸崖還要跳窗，如果待在高塔裡至少可以保障生命安全。他們連想都不敢想，因為他們認為這一切都是舒緩者的命運。」

游離又問克里斯。

「你有沒有想過，身為一個舒緩者，他的生活必須要以異能者為中心？」

沒有想過。

「如果沒有遇到異能者，舒緩者一輩子都會是一個普通人。他們可能會成為一名烘培師或是工程師，有些人可能會去工地當工人，有些人可能會當老師⋯⋯」

游離用手指頭數著那些自己親眼見過的例子。

「原本過著平凡生活的舒緩者，為了自己和親友的安全而選擇加入極光，但這些人反而更容易得到憂鬱症。每個人的內心應該都有過一番掙扎，他們本來過得很痛苦，卻在突然成為舒緩者，一開始他們應該都認為自己被幸運之神眷顧。」

人都是這樣，本來對舒緩者是既羨慕又忌妒，但自己突然成為舒緩者後，心情應該會非常好。

「但是那些好運可以維持多久呢？」

身體上的舒適感並不能代表生活品質，再說舒緩者完全沒有自由，甚至還會有人一直強調舒緩者的生活充滿威脅。

「異能者和舒緩者的生活完全不一樣，如果你無法領悟這一點的話，我們永遠都會是兩條平行線。」

克里斯慢慢地回想游離和盧卡的對話，盧卡跟游離敘述了自己剛加入極光時發生的事情。

令他驚訝的是，盧卡的經歷和自己在極光覺醒後經歷的事情完全不一樣。

克里斯一加入極光就學到要尊重舒緩者。

然而極光一發現盧卡這名舒緩者，就不斷灌輸盧卡許多人會以舒緩者為對象進行犯罪，讓他感到恐懼。

克里斯一加入極光就運用自己的能力去追捕非法販賣毒品的人。

但是盧卡不但不能離開內部建築物，還要經常面對不知道什麼時候會變成跟縱狂、強姦犯或殺人犯的異能者。

舒緩者一方面選擇了自己的生活，但另一方面卻也無法掌控自己的生活。

他們被塑造成不能走出小框框的人。

這就是隸屬於極光的舒緩者。

『極光是故意告訴舒緩者他們沒辦法生存於外面的世界嗎？』

如果是這樣的話，就可以理解為什麼他們的語氣都非常冷漠，因為他們根本不打算理會他人。

這不是因為看不起C級舒緩者，而是同樣身為舒緩者的共識。

克里斯突然覺得內心很沉重。

「你的等級是S級嗎？」

「……這個嘛。」

游離咬著雪茄，嘴角露出一絲苦笑。

「我不知道，我只要一摸到舒緩者等級測量器，機器就會壞掉。」

目前的測量器偵測範圍只到A級，所以只要數值高於A級，就會自動被歸類於S級。所以也有傳言說，如果發明出更精密的儀器，S級的人也許會再被分級，但是自從發明第一台測量器的夫婦去世以後，就沒有再出現過新版測量器。

儘管如此，克里斯也從來沒有聽說有人把測量器弄壞過。

「你之前是怎麼進入『鳥籠』的？」

克里斯小心翼翼地詢問，但游離的反應卻比想像中平靜。

「我和那些小時候很平凡，長大後突然覺醒成舒緩者的人不一樣，我天生就知道自己是舒緩者。」

「怎麼可能……」

「因為我的父母都是異能者，所以很快就發現我是舒緩者。他們把我的手放到測量器上想偵測數值，結果機器瞬間超載，要不是我媽媽迅速地把測量器丟到窗外，我差點就沒有今天了。」

每當游離全家聚在一起吃飯時，游離的爸爸總是會開玩笑地說要不是有媽媽，游離就再也吃不到這些好吃的串燒。然後游離的媽媽每次聽到這些話，總是會狠狠瞪著游離的爸爸。

除了父母都非常熱衷於鑽研知識以外，游離的家庭其實非常和睦。

老舊的書、墨水和筆尖在紙張上寫字發出的沙沙聲，是游離永遠回不去的過往，也是游離的遺憾。

「然後有一天自稱是我父母朋友的異能者出現在我們家，他……就是羅森豪爾，可以說是我的乾爹。」

游離的話中流露出深深的厭惡感。

克里斯現在確定了羅森豪爾就是曾經關著游離的鳥籠主人。

「我父母親非常信任他，我也可以理解這件事，因為他們一起經歷過生死關頭，也一起度過非常艱困的時刻。但是羅森豪爾和我父母不一樣，他認為異能者如果不掌握住大權的話，一定會再次被人們欺壓的。」

男人希望異能者聯盟能稱霸世界，這和尋求和平共存的夫婦產生了意見分歧，然後男人還非常貪婪地想得到擁有史無前例能力的舒緩者游離。

「異能者聯盟分為溫和派和強硬派，結果最後是羅森豪爾佔了上風，在我的父母都過世之後，我就被關進鳥籠了。」

羅森豪爾殺了游離的父母，以乾爹之名繼承了他們的遺產，也帶走了他們的兒子游離。

「他哭著來跟我說那些憎恨異能者的人們放火燒了我父母的工作室……我竟然愚蠢地相信了。他說我父母拜託他照顧身為舒緩者的我，他身為乾爹也有義務照顧我，所以我是自己走進鳥籠的，很蠢吧！」

游離在那裡待到長大成人。

「那不是愚蠢。」

克里斯咬著牙說道。

「你是別無選擇。」

「沒錯，所以我聽到羅森豪爾玩弄其他舒緩者才會這麼生氣。」

游離吐了一口雪茄的煙，低聲說道。

「我發現不管過了多久，我都無法擺脫某些記憶。原來在一個完全不同的地方，有一些跟我不相關的人過著和我以前一樣的生活。」

黑櫻桃的香氣慢慢地散開來。

「把舒緩者關在內部建築物是軟禁，定期更換異能者和舒緩者的配對是為了預防他們之間產生依戀關係。」

游離嘲諷地說道。

「如果他們之間產生任何一種情感，極光都會很難做事。」

「……」

「異能者有時候必須要把舒緩者當成行走的電池，但事實上沒有幾個人可以對自己珍惜的人做出這麼低級的事。」

「什麼電池。」

克里斯喃喃地說道「怎麼會有人這麼過分」。

「雖然羅森豪爾把異能者捧得很高，但是異能者還是生活在一般人類的社會中，接受正常的教育長大，如果異能者知道舒緩者被那樣對待，一定會引起公憤的。」

克里斯越聽越感到毛骨悚然。

克里斯不久前還生活在極光的體系中，雖然克里斯不認為極光就是絕對真理，但也習慣性地覺得極光做的都是對的。

「重要的是他們不希望異能者被舒緩者烙印，因為被烙印的異能者可以為了舒緩者做任何事情。羅森豪爾一點都不希望區區一個舒緩者可以影響自己手下的異能者。」

游離低聲說道。

「那傢伙根本就是一個控制狂。」

極光明明握有非常多資料和數據，卻沒有人知道烙印現象，這一定是有某種原因。

克里斯不知道自己該說些什麼話。

「克里斯．丹尼爾……也就是那時候的我為什麼沒有殺了羅森豪爾？」

「你不知道這些，我從來沒有告訴過你。」

游離停頓了一下，繼續說道。

「而且你也沒有問過我，或是試探過我的祕密。」

「那你現在為什麼要告訴我？」

游離沒有馬上回答，游離皺著眉頭思考的同時，雪茄也持續在燃燒。

「可能是我現在才覺得我們平起平坐。」

以前游離和克里斯之間的關係是游離單方面下達命令，克里斯只要照著做就好，但現在不一樣了。游離不是十年前那個苦撐的游離，現在的游離成長了很多，過去的祕密已經不再沉重，游離發現那些過去並沒有讓自己變得很軟弱。再說克里斯現在是一張白紙，如果想要讓忘記一切的克里斯留在自己身邊，那告訴他這些他想知道的事情也無妨。

就這樣，那些克里斯以前不會問、也問不出口的問題，正在改變兩人之間的關係。

13 Chapter thirteen

丹尼爾計畫

Self Destructive love

追查阿納斯塔西亞下落這件事情遇到了很多難關。

游離答應讓克里斯可以查看以前克里斯・丹尼爾收集的資料，但是克里斯發現自己以前根本沒有留下太多關於那個女人的紀錄。丹尼爾應該都是記在頭腦裡了，不然就是消失之前把那些資料都銷毀了。

克里斯去見了一些聲稱自己見過阿納斯塔西亞的人，但是每個人的說法都不太一樣。

「她是一名年輕女子。」

「阿納斯塔西亞是一個老奶奶。」

「我看過的阿納斯塔西亞是一個男人。」

「他是一個小男孩。」

一開始克里斯猜測阿納斯塔西亞是找不同的人代替自己去跟別人見面，但是後來克里斯猜想阿納斯塔西亞有可能像杰伊一樣是一個可以改變外貌的異能者。

不管是哪一種假設，都讓克里斯很難追查下去。

「真的無計可施了。」

克里斯用念力移動自己的筆，在毒販的名字上畫了一個叉叉後，喃喃自語地唸道。

克里斯已經習慣每天使用念力了，但他還是覺得少了些什麼。雖然目前還沒有遇到要在老鴇隊面前使用超能力的情況，但是他也不知道自己還可以隱瞞多久。

克里斯在老鴇隊面前是以臥底的身分進入白夜的，如果不遵從他們的指示就會顯得非常可疑。

目前還沒有找到克里斯．丹尼爾留下的資料，所以克里斯只能利用極光的人脈來追查阿納斯塔西亞。

另外盧卡成為了克里斯的共犯，盧卡和游離那次視訊談話讓盧卡留下了非常深刻的印象。雖然盧卡在克里斯面前有時候會有點猶豫不決，但是克里斯從盧卡那裡拿回破解手機以後，就沒有再給過盧卡了

盧卡已經滿足了自己的好奇心，但還是不敢跟游離建立良好的友誼，因為盧卡深信夜路走多一定會遇到鬼。

一開始盧卡還覺得有些失望，但他現在似乎明白克里斯的立場，所以沒有再提出什麼過分的要求。

遊走在兩個互相對立的組織之間是一件讓人身心俱疲的事情，就連日常對話的時候都要非常小心謹慎。

克里斯原本一直窩在書桌前面，現在想要站起身來放鬆一下，所以打算去外面走走。

他穿過走廊來到病房區，打算詢問神智比較清醒的患者有沒有見過阿納斯塔西亞。

這時克里斯看到走廊對面走來一個很熟悉的男孩。

「你好。」

約翰走近克里斯跟他鞠躬致敬，約翰最近在白夜裡幫忙打雜。如果不是因為約翰跟毒販們曾經有來往，白夜本來打算把約翰送到兒童福利中心。

克里斯聽說約翰會提供一些毒販的情報，因為約翰的記憶力非常好。

「那個，我去就業中心的時候，遇到一名叫做娜絲琴卡的人。」

「娜絲琴卡？」

克里斯聽到娜絲琴卡的名字不由得皺起了眉頭。

安德蕾雅會把東西交給約翰並不奇怪，因為克里斯曾經跟安德蕾雅分享過調查毒販時發生的事情，但是娜絲琴卡會認得約翰就有點奇怪了。

克里斯只有為了打聽資訊而和娜絲琴卡聊過天，但是並沒有提過自己的真實身分。

「你不太可能主動跟她說你認識我……」

「喔，因為櫃台問我有什麼事的時候，她剛好就站在旁邊。但這件事也不太重要，我最近都沒有遇到你，差點忘了這件事，剛剛看到你才突然想起來。」

「原來如此。」

這樣就說得通了，但是克里斯還是有點疑惑，因為娜絲琴卡和自己的關係應該沒有熟識到主動提起自己。

「謝謝你跟我說這件事。」

聽到克里斯這麼說，約翰開心地笑了。克里斯看到約翰現在溫馴得像小狗一樣的眼神，再想到第一次見面時約翰叛逆的樣子，心情感到有點奇特。

「這沒什麼，那我先去找格溫隊長了。」

約翰消失在走廊的另一端。

雖然說克里斯沒必要因為娜絲琴卡問候自己就特意去見她，但現在所有的追查方向都受到阻礙，因此克里斯認為娜絲琴卡說不定可以像之前提供沃特的線索那樣，再給自己一些別的線索，讓自己找到其他追查方向。

「我要去一趟就業中心。」

克里斯對自己設下的承諾就是每次離開白夜都要向游離報備自己的目的地。

這是為了證明他絕對不會再像之前一樣默默地消失。

一開始游離只顧著自己的工作不太理會克里斯，但現在漸漸會有一些回應。

「你在就業中心還有什麼事情要處理嗎？」

像今天游離就回應了克里斯。

「我之前在那邊認識一個人，她的消息很靈通，所以我想去找她。她也認識一個曾經對舒緩藥物上癮的異能者。」

「那你就去吧，反正十三區很近。」

「你有需要我做些什麼嗎？」

游離看著克里斯的臉問道。

「我才想問你需不需要舒緩課程呢！」

克里斯閉上嘴巴，克里斯可以重新使用念力以後，雖然使用過很多次超能力，但是他卻沒有主動找游離進行舒緩課程。就算克里斯知道游離可以進行非接觸式的舒緩課程，卻還是很猶豫，因為對方曾經在自己身上留下深刻的快感。

克里斯覺得自己經常在冷靜理智的游離面前發情，實在不是一件很光彩的事情。

「暫時不用。」

「你為什麼這麼固執？」

游離放下鋼筆低聲說道，游離的語氣充滿著疲憊感，就像一個老闆遇到硬是要殺價的客人一樣。

「上次……你進行舒緩課程的時候不是消耗很多能量嗎？我現在狀況很好，所以不想麻煩你。」

雖然克里斯現在不是百分之百舒緩狀態，但是這對日常生活不會有什麼影響。

「你不要再囉嗦了，趕快過來。我一次補滿很多能量才更累人。」

游離勾了勾食指，克里斯一靠近游離，游離就伸出手，克里斯小心翼翼地脫下游離的手套。

克里斯沒有主動伸出手，而是默默地等待游離的手掌來碰觸自己。接著舒緩能量就慢慢地傳送到克里斯體內，吞噬了克里斯的身體。

「舒緩課程真的不會對舒緩者的身體有什麼影響嗎？」

克里斯為了以防萬一問道。

「應該是說比較消耗心力。」

游離慢條斯理地回答。

「不管是A級還是C級都一樣，雖然隨著等級不同保有的能量也會比較多，但是處理這些能量都很消耗心力。」

克里斯有點懂又不太懂。

「我讀過一篇論文表示舒緩能量和精神系異能者運用能力的方式差不多，但是沒有聽說過舒緩者會消耗心力……」

「你當然不會聽過，你還記得那篇論文是誰寫的嗎？」

「不記得了。」

克里斯的記憶力沒這麼好，如果是跟任務有關的事情可能會記得，但是大略看過的論文不會全部記在腦筋裡。

「那篇論文是福爾圖娜寫的。」

「什麼？」

「極光經由福爾圖娜而知道舒緩能量是怎麼使用的，然後可能是猜到她會叛變，所以就把她的生活痕跡清除，送去蜂巢網。」

「他們實在太惡毒了。」

克里斯覺得極光最可怕的不僅僅是限制他人的自由，而還會帶走一個人努力累積的成就。

「羅森豪爾其實不太喜歡精神系異能者，但是他們有利用價值，所以羅森豪爾才會剝削他們的一切。」

「舒緩者就算了，我沒想到他也會欺壓同為異能者的人。」

「因為他是個無恥之徒，他從以前就非常忌妒精神系異能者。」

克里斯以前常常覺得游離講到羅森豪爾的語氣都很微妙，好像游離非常了解這名連極光內部人員都不太了解的前任聯盟代表，也曾經跟他很親近。

現在克里斯終於知道原因，所以聽到那些話都覺得內心非常憤怒。

「再加上精神系異能者天生就好奇心旺盛，所以他們經常想要挖掘一些羅森豪爾想要隱藏的祕密。」

游離輕輕地放開克里斯的手說道。

克里斯接受舒緩課程後，身體充滿了舒緩能量，這跟克里斯被關在小房間裡用性快感的方式進行舒緩課程時完全不一樣。

克里斯低頭看著自己的手掌，這時游離問道。

「你怎麼看起來有點失望。」

「……我只是不太習慣。」

克里斯調整了一下自己的表情回答道，游離紫羅蘭色的眼睛今天停留在克里斯身上的時間好像比以往還要久。克里斯似乎擔心自己的內心被看穿，所以呆呆站著不敢動，游離突然說道。

「你幫我增加了太多工作量，再多給我一些時間。」

「我什麼時候增加你的工作量了？」

克里斯疑惑地問道。

「走私的港口還有黑坑……」

「……那個是因為…」

「還有在追查阿納斯塔西亞時，也抓到了很多毒販。」

克里斯現在才突然醒悟游離說自己工作量變多是怎麼意思。

「我的獵犬一回來就非常活躍，我也無法袖手旁觀。我知道你在氣我沒有常常陪你，但你再給我一點時間。」

「我……我知道了。」

克里斯逃出了游離的辦公室，克里斯覺得自己不該試圖隱瞞游離任何事情，因為游離實在太了解自己了。

克里斯離開廢棄工廠區域往就業中心前進，雖然這兩個地方都在十三區，但是克里斯離開就業中心後，從來沒有想要再回去過。克里斯也沒想過娜絲琴卡會透過約翰來找自己。如果這次見面真的可以讓克里斯突破現在的窘境就好了，克里斯邊思考著邊走進了就業中心。克里斯寫了會客申請表讓對方去連絡娜絲琴卡，過沒多久娜絲琴卡就出現在大廳了。

「克里斯，你終於來了，我們找個安靜的地方談談吧！」

娜絲琴卡的態度夾雜著喜悅和複雜，似乎跟克里斯第一次看到娜絲琴卡時沒有什麼差別。

「好。」

剛好克里斯也不想要在大庭廣眾下談論毒販和異能者的事情，所以他們一起走進一間就業中心裡的空教室。克里斯觀察了一下門口和窗戶的視線後，開口說道。

「約翰跟我說妳向他詢問我的事，我覺得妳應該是想要見我一面，所以我就來了。」

娜絲琴卡聽到克里斯溫柔地說出這些話時，臉上卻露出了有點失望的表情。

「什麼……你是聽到約翰遇到我才過來的嗎？不是因為突然想見我所以過來的？」

如果是平常的娜絲琴卡，克里斯應該會覺得她是在跟自己開玩笑，而克里斯應該也會回娜絲琴卡說當然也是有點想妳，然後接著談正事。

但是克里斯現在卻覺得娜絲琴卡哪裡怪怪的，好像娜絲琴卡在等的人不是克里斯而是別人一樣——

「你的副作用比我想像中的嚴重耶！」

娜絲琴卡吃驚地說道。

娜絲琴卡好像很久以前就認識克里斯一樣。

「副作用？我聽不懂妳在說什麼？」

克里斯警戒地說道，認識這副外表的人應該都是認識克里斯·丹尼爾的人，沒想到娜絲琴卡也是其中之一。

「克里斯，你清醒一下吧！」

娜絲琴卡低聲說道。

「你不是說你時間不多？」

克里斯聽到這句話突然覺得頭很痛。

「嗯，這樣你認得出來了嗎？」

娜絲琴卡光滑的雙手開始佈滿許多皺紋，臉上也長出很多黑斑，原本高大的身材也漸漸縮小。

「我完全聽不懂妳在說什麼……」

當克里斯看到娜絲琴卡在自己面前變成一個老人時，呼吸突然變得非常粗重。

克里斯的記憶從吹著寒風的凍土中甦醒。

＊＊＊

身體滾燙到好像有一團火在燃燒。

但是克里斯卻覺得自己體外刮著一股寒風，當白色雪花吹撫過身體，克里斯就會幻想身體內的熱火逐漸冷卻。

克里斯的身體似乎有種力量在吸引那些雪花。

當他閉著眼睛，掙扎著想要活下去的時候，又會有許多人撲過來，讓他更接近死亡。克里斯看著人們的脖子被扭斷，四肢呈現各種奇怪的形狀，卻絲毫無動於衷，克里斯只覺得那些人每次攻擊自己，都會讓自己感到更憤怒。

所以克里斯想要去更寒冷的地方，在那裡冷卻自己內心沸騰的烈火……

他把一切交給本能，盡情地釋放自己的能力。

克里斯隱約地感覺到死亡不斷在靠近自己，如果不趕快澆息這股熱能，那自己就完蛋了。

雖然他也不知道什麼才是活著，但還是試著拚命掙扎。

就是現在一樣。

克里斯發現有一名男子出現在白茫茫雪花的另一端，他是一名黑髮紫眼的青年。正是看起來比現在年輕許多的游離，游離的雙眼通紅，雙手則是被緊緊地銬住。

沒有任何理性的野獸之前完全沒有意識到有一名男子安安靜靜地看著自己所在的方向，沒有攻擊自己。如果游離帶著一絲殺意靠近克里斯的話，克里斯一定會把游離碎屍萬段，讓鮮血染紅這塊白色的雪地。

幸好克里斯為了忍耐痛苦，一直降低自己的感官，不然游離的呼吸聲可能都會讓他覺得極度煩躁。

就算失控的異能者就在自己的眼前，游離仍然一臉平靜地看著克里斯。

「你也跟我一樣。」

游離小聲地說道。

「對吧？」

那個男人似乎想要確認什麼，他走向克里斯，嘴裡低聲說道。

這就像是一隻不知道自己即將面臨死亡，還奮不顧身飛撲上去的飛蛾一樣。

克里斯看著自己的記憶對著游離大聲喊著「不要過來」、「拜託你回去」。

但是儘管游離碰觸到克里斯，身上依然沒有帶著任何殺意，只是用盡全力碰撞著克里斯。

當兩人肌膚接觸的瞬間，那股讓克里斯想用白雪冷卻的熱氣卻突然間消失，身上的痛苦也一起不見。

「喔……」

讓克里斯不再感到痛苦的正是男人的手，男人的手不冷不熱，非常舒服。

他想要再靠近男人一點，因此彎腰將自己的臉靠在男子身上。克里斯折斷對方手上讓自己不舒服的手銬，沉浸在平靜之中。

男子小聲地說道。

「帶我離開這裡。」

克里斯服從了這道命令。

在十一月大洲上，克里斯殺死了所有羅森豪爾派來追蹤游離的手下。克里斯就像一個收集昆蟲的孩子，從支解人類的四肢中學著控制自己的力量，克里斯從來不知道原來不用扯斷人類的四肢也可以殺死一個人。

克里斯一直搞不清楚問題是出在哪裡，但是每當覺得身體內好像有一團火的時候，他就會觸碰游離。游離則是會厭惡地咬著自己的嘴唇，默默地交出自己的身體。克里斯自己也不知道是什麼情況，但每次都會貪婪地爭取碰觸游離的時間。

瀕臨死亡邊緣的失控記憶讓克里斯比其他異能者更加殘暴並且依賴自己的本能。盤踞在腦中灰濛濛的霧氣絲毫沒有要散開的跡象，對克里斯來說，保護並追尋著游離就是自己的第一要務。

克里斯沒有想過游離為什麼要在寒冷的天氣裡用冷水把手洗得發紅，也不覺得游離太常洗手，導致手上皮膚乾裂和流血是一件很奇怪的事情。

克里斯總是把游離的嘴唇啃得都是傷痕，那時克里斯根本不知道什麼是接吻，有時候游離的嘴唇流血了，克里斯則會急忙地舔舐乾淨。

游離總是面不改色忍受克里斯所做的一切。

即使這名舒緩者的表情漸漸僵硬，他的異能者也什麼都沒有發現。

當克里斯達到百分之百舒緩時，突然回想起以前發生過的事情。雖然小時候的記憶十分零碎，但是他記得自己小時候生活在一個有很多人穿著白色長袍的地方，定期需要打針，全身還綁著繩子並被抓去當成實驗品。

克里斯還知道自己是異能者而游離是舒緩者，但是克里斯在過了很久以後才知道只有自己單方面覺得他們之間的接觸是很快樂的事情。

因為知道自己不可能永遠躲著羅森豪爾，所以游離開始讓克里斯出面掌握十一月大洲的地下勢力。

克里斯是第一個從失控的狀態下活下來並恢復正常的異能者，雖然游離覺得有點意外，但還是積極地利用克里斯來擴張自己的勢力。

被人當作實驗品的記憶幫助了克里斯，他的記憶中充滿各種拷問方式和打鬥方式。對付一般人時、在充滿武器的打鬥現場時、還有面對異能者的時候……克里斯迅速地變得強大，跟之前為了保護游離不被羅森豪爾抓到時相比之下，受傷的次數以及白白浪費能量的情況也明顯減少許多。

所以克里斯除了失去理性的時候會要求舒緩課程以外，也漸漸會開始忍住自己的欲望，因為他突然意識到自己正在摧毀游離。

克里斯並不想為了自己求生而摧毀游離。

但是在他忍耐的同時，身體也逐漸崩壞。雖然擁有非常強大的能力，但克里斯也知道自己總有一天會死去。

因為克里斯已經有過一次失控的經驗。

那時是游離奮不顧身地跳出來，利用自己的身體延緩了克里斯的死亡。當時面對拿著槍枝步步逼近的軍人以及企圖用超能力殺死自己的異能者，不自覺露出殺意的克里斯卻因為游離的軟弱無力而獲得救贖。

克里斯從游離那裡奪走的東西雖然很多，卻一件都沒有歸還過。

他要趁還來得及的時候放游離自由。克里斯打算將闖入游離生活中的不速之客全都趕走後，再讓自己消失。

這就是克里斯·丹尼爾的決定。

克里斯就是在這時候遇見阿納斯塔西亞的，克里斯遵從游離的指令去追查毒販的時候，查到了阿納斯塔西亞。

在調查過程中克里斯發現對方不是一般人，而是一名異能者，而且以她所使用過的名字和面孔去追查的話，至少可以追溯到半個世紀以前。

甚至還有人表示自己死去的姑姑突然活著回來了，但克里斯當時只覺得是剛好兩個人長得很像，並沒將這件事放在心上。但是克里斯拿著阿納斯塔西亞的照片詢問時，那個人也給克里斯看了過世親戚的照片。

阿納斯塔西亞是一名可以改變外貌的異能者，而五十年前就有同樣能力的異能者出現過。也許早在留下記錄前，她就已經存在於這個世界也說不定。

好不容易找到阿納斯塔西亞的克里斯直接了當地問道。

「妳就是阿納斯塔西亞嗎？」

「沒錯，我就是阿納斯塔西亞。」

「妳擁有非常特別的超能力。」

聽到克里斯的試探，阿納斯塔西亞回答道。

「我聽說最近有個年輕人一直在調查我。」

克里斯在聞到刺鼻味道的瞬間，身體就已經做出反應了。元素界異能者在使用能力時，總是會出現一種特有的香氣。也不知道是不是湊巧，克里斯原本站的位置突然冒出了一道火光。

隨之而來的是一陣風，克里斯一邊躲避一邊檢查了這個空間裡的確只有阿納斯塔西亞和自己兩個人。阿納斯塔西亞擺動著手中的棒針，假裝不斷地在織著上下針，然而她每動一次手指，就會有各種不同的超能力追趕著克里斯。

『一個人竟然可以擁有這麼多種超能力？』

這有點不太對勁。

但是克里斯卻沒有精力思考這件事，他毫不猶豫地用念力按住阿納斯塔西亞的肩膀，對方的身體就這麼輕易地倒在了地上。

阿納斯塔西亞在巨大的壓迫下吸了一口氣，接著就在火焰的上方製造出一團水，並將那團水丟在火焰之上。

阿納斯塔西亞本以為自己幾招內就可以制服克里斯，沒想到現在竟然變得如此狼狽。她接著操控土地，試圖讓泥土控制住克里斯的腳踝，但克里斯飛快地逃脫出來，讓石頭飄浮在空中形成一條小路，並踩著石頭構成的小路朝著阿納斯塔西亞奔過去。

就在克里斯要壓制到阿納斯塔西亞的肩膀時，阿納斯塔西亞的身體突然消失了。

透明化能力。

這時克里斯卻笑了。

「妳真的會使用這個能力嗎？」

克里斯雙臂交叉地站在原地問道，阿納斯塔西亞的身體突然憑空出現。

她手中的棒針正對著自己的眼睛，雖然只是支木頭棒針，但也足以刺穿那層薄膜。

這不僅僅是個單純的威脅，克里斯不光是制服了阿納斯塔西亞，還順便讓阿納斯塔西亞知道她的能力在自己面前毫無用處。

不管阿納斯塔西亞使用什麼能力，克里斯似乎都知道要如何應對，這根本就不是和人類對決的情況。

「……雖然我聽說過十一月大洲上出現了一隻瘋狗，也知道我惹到了瘋狗的主人，但你為什麼要對我這麼狠心？」

「我根本不想壓制妳，我只是想問妳幾個問題，是妳先攻擊我的。」

「難道你希望一個暗中做壞事的人替不速之客奉上一杯好茶嗎？」

「我覺得紅茶加上威士忌還不錯。」

克里斯坐在堆滿針織品的桌子對面說道，阿納斯塔西亞拿著一個燒開的茶壺倒了一杯茶給克里斯，茶杯在阿納斯塔西亞手裡看起來很大，但是一到克里斯的手中就變成小巧可愛的玩具。

「妳剛剛使用非常多種能力，那一個才是妳原本的能力呢？」

在克里斯來到這裡之前，甚至還聽過阿納斯塔西亞有死而復生的傳聞，但是克里斯對於這個傳聞抱持著懷疑的態度。

有人說阿納斯塔西亞每次重生都會獲得新的超能力，所以阿納斯塔西亞可以同時駕馭水、火、風還有土。

「怎麼可能。」

阿納斯塔西亞搖搖頭說道。

「我的超能力是可以吸取別人的生命力，剛剛使用的超能力就是我吸取異能者生命力的時候，獲得的附加利益。但那不像一般的異能者一樣可以無限次使用，只能使用我吸取到的量……但是用來守護我這漫長的生命倒是綽綽有餘。」

「那改變外貌這點呢？」

「我可以利用減少生命力來調整自己的年齡，吸取別人生命力的時候也可以偷取一些那個人的外貌。但這也不是什麼好處，因為我現在已經不知道我原本長什麼樣子了。」

老人呵呵地笑著，看著老人滿臉的皺紋，很難猜出她現在的想法是什麼。

「……那種能力也可以用在別人身上嗎？」

聽到克里斯這樣問，阿納斯塔西亞點了點頭。

「當然可以。」

「代價是什麼？」

「……原來你想要變成別人去做其他事情？」

克里斯沉默不語。

老婦人貪婪地睜著雙眼，克里斯猜想得到阿納斯塔西會覬覦自己的超能力，因為克里斯的念力遠近馳名。

光是在剛剛的一戰中，老人就可以感受到克里斯的能力非常強大。

「我是魔女阿納斯塔西亞，你想要得到什麼都必須跟我簽契約。」

阿納斯塔西亞吟唱道。

「我所掌控的能力準確地來說是生命的詛咒，我可以連結想殺我的人並竊取對方的生命力。」

克里斯怎麼想都覺得竊取生命力是一種很特殊的超能力。

「一開始我以為我的能力就只是竊取生命力，除了可以活很久以外沒有別的用處，但用了幾十年後發現如果對方是異能者的話，我就可以得到一點對方的能力，也可以加以運用。」

不管是什麼能力，只要經常使用就會有更好的發展，阿納斯塔西亞運用自己天生的詛咒能力，讓自己進化到被人稱為魔女的地步。

「跟妳簽約的話會發生什麼事情？」

「我會給你所想要的生活，然後我也會得到與我付出努力相等的生命，我覺得這個交易相當公平。」

「妳簽過幾次約？」

「這個嘛，五次？還是六次？」

「有副作用嗎？」

阿納斯塔西亞皺著眉頭回想之前的契約。

「有一個人發瘋、一個人變成白癡、還有一個人本來過得不錯但有天卻突然變成雙重人格，搞得天下大亂。但只要本人的意志堅定，還是可以好好活用這個全新的機會。」

擁有老人臉的異能者就像一名真正的魔女一樣呵呵地笑著。

在克里斯詢問副作用之前，阿納斯塔西亞沒有主動告知副作用真是一件很惡劣的事情。

「要怎麼啟動契約呢？」

克里斯想要賭一把。

「我能力的性質是在你要殺我的瞬間就會啟動，所以我必須要被你殺掉，然後從那瞬間開始我們的生命就會綁在一起，在我復活之前，我會把我身上其他異能者的超能力傳遞給你。」

「很好。」

「你需要出人頭地才能達到你的目標，所以我會選一個好一點的能力給你，但那會讓我無法再使用那個能力，所以我要拿走你一半的生命。」

「成交。」

克里斯立刻伸手掐著阿納斯塔西亞的脖子，阿納斯塔西亞臉色蒼白地揮了揮手。

「等一下、等一下！年輕人就是心急，等我處理完手邊的事，我會通知你的。」

「我時間不多，我的主人正在找妳。」

游離要克里斯把阿納斯塔西亞帶到自己面前，克里斯還是想儘量遵守游離的命令。

「你急什麼？」

「我會儘量拖延一些時間。」

克里斯跟魔女做完交易後就離開了。

☆☆☆

當克里斯清醒過來時，娜絲琴卡，不、應該是說阿納斯塔西亞已經消失得無影無蹤了。

應該是因為副作用讓克里斯失去記憶，所以阿納斯塔西亞就讓克里斯在陌生的地方遊蕩。

克里斯回想起那短暫的記憶後，記憶的碎片漸漸拼湊起來。

一直讓克里斯感覺很陌生的記憶，終於開始有種熟悉的感覺。

雖然要把零碎的記憶拼湊起來還需要一點時間，但目前來看阿納斯塔西亞口中的副作用已經消失了。

「因為我失去記憶，這次契約就變成了一場騙局。」

克里斯埋怨地說道，似乎猜到了娜絲琴卡逃走的原因。

他在失去記憶之前，是打算讓自己當上極光的重要職位。

克里斯並不是不負責任地離開。

那時候他總覺得白夜不再需要自己了，組織的運作已經穩定下來，就連蔡斯這種神經病也對游離忠心耿耿。再加上羅建在背後默默輔助游離，這麼多年來他所培養的人才都聚集在白夜了。

更重要的是游離本人可以自在地進行舒緩課程，所以對於異能者來說游離無疑是權威的中心。

因此克里斯才會認為自己趕快找機會跟羅森豪爾同歸於盡才能幫助游離。

他沒有想到事情會變成這樣。

克里斯搖搖晃晃地站起來，眉宇之間全是冷汗。

接著又走向櫃檯問道。

「你知道娜絲琴卡去哪裡了嗎?她說要出去一下，但是一直沒有回來。」

「娜絲琴卡學員已經完成所有課程，剛剛離開中心了。」

克里斯不覺得這只是巧合，娜絲琴卡一定是計畫好以後才向約翰說那些話的。

當克里斯和娜絲琴卡在就業中心重逢的時候，她猜想克里斯只是在執行任務，但時間越過越久，娜絲琴卡才把克里斯叫來，刺激克里斯恢復記憶。

克里斯覺得自己有必要深入調查，所以抄下了阿納斯塔西亞留下的聯絡方式。雖然克里斯知道那個號碼不可能找得到娜絲琴卡，但是線索還是越多越好。

走出就業中心的克里斯顯得有點遲疑。

他還沒有拼湊出完整的記憶，雖然已經想起認識游離以後發生的事情，但是在那以前的記憶還是很模糊。

『要去一趟實驗室嗎?』

就在克里斯快要回到白夜前，他突然停下腳步。

遺失的記憶中有著一條線索，說不定這跟羅森豪爾的邪門歪道有著那麼一點點的關係。

只要有任何不用馬上回到游離身邊的藉口，克里斯都會照做，就算要他跳入馬里亞納海溝也在所不惜。

克里斯拿著破解的手機，把剛剛打算傳給游離的訊息刪掉了。

☆☆☆

克里斯搭著計程車去雪地摩托車出租店的路上，用導航研究了去實驗室的路線，幸好可以從極光的資料中找到白夜以前的地圖。不然即使是方向感再好的異能者也不可能記得自己在失控的情況下是怎麼橫越整個大洲的。

實驗室位於繁榮度僅次於金城的第二城市銀城，規模相當巨大。舊的宣傳手冊上還可以看到展示給外來投資者的圖片，克里斯看到實驗室的內部裝潢，發現自己對那些地方有印象。

看來克里斯是來對了。

搭乘雪地摩托車行動的克里斯，完全遺忘冬季大洲的寒冷，只想要趕快達到目的地。但費盡千辛萬苦抵達的實驗室已經被破壞得差不多了，長時間沒有人員進出，散發出一種經常出現在廢棄場所的陰森氣息。

一般情況下要進行生物識別認證才能進入，但是克里斯卻不需要那些東西。不管是多厚重的門，只要利用念力就可以像撕碎一張紙一樣撕開。

穿過好幾扇門之後，他來到了自己的過去。在這個現在除了克里斯以外沒有其他生命體的地方，曾經也有許多穿著白色長袍的研究人員走來走去。

繼續往裡面走，當克里斯看到有一整排房間的走廊時，突然停下了腳步。

他似乎在已經破碎的玻璃門裡面看到每個房間都有一個男孩的幻影，也就是過去的自己。

少年不停躲著從空中飛向自己的球狀物、或是手持匕首同時與三名成年人打鬥、還不斷攀爬著一段時間就會消失的岩壁，踩空時就會掉進帶有微弱電流的小溪、甚至是為了學會忍痛而在手腳綑綁的情況下被拔掉指甲……

克里斯不再盯著那些幻影看，而是默默地經過。

念力訓練跟肉體承受力訓練比起來真的簡單多了，只要用盡所有精力就好。

克里斯當初並不是因為年紀小所以沒有反抗，而是脖子上和手腳上會各綁著一條鍊子，如果未經允許就使用能力的話，鍊子就會通電。

『如果嘗試解開鍊子時，沒有同時插入認證鑰匙的話，就會讓人昏厥過去……』

克里斯小時候還不懂得怎麼控制這麼強大的超能力，如果想要用念力解開手腕上的手銬，就會把自己的手腕也一起折斷。

所有事都歷歷在目，就連承受過的痛苦也浮現在眼前。

克里斯想起一名研究人員曾經說過，人永遠不會忘記用身體所學到的東西。那名研究人員曾經在克里斯失控的時候傳送電流到銬住克里斯的鍊子，但是最後電流卻回到了他的身上。失控的異能者會想要擺脫施加在自己身上的力量，克里斯用念力掙脫鍊子後就把它裝在研究人員的身上。之後克里斯試圖鬆開手腕和腳踝剩下的四個控制裝置時，研究人員身上就會有電流流過。

雖然克里斯不是故意的，但也無意間成為一種報復。

研究人員把他們和克里斯一起進行的實驗稱為「丹尼爾計畫」。

這是一個實驗，目的是觀察從小接受訓練的異能者，長大後等級是否能夠超越原本的等級。在那時，處置那些異能者和命令異能者的權限全都屬於當時的聯盟代表羅森豪爾。

就是因為這樣異能者才很危險。

『沒錯，就是那樣。』

在還有記憶的時候，克里斯猜想羅森豪爾會認出自己的臉，並把他留在身邊。先不說舒緩者，異能者的超能力是跟遺傳有關的。如果一張長得跟克里斯一樣的臉出現在六月大洲，但他使用的不是念力而是別的超能力，那羅森豪爾一定會留住那個人，因為那個人可能是S級異能者的雙胞胎兄弟，而他們也會帶有同樣的基因特質。

克里斯根本不擔心自己會被發現，就連在冬季大洲經歷過這麼多事件的克里斯都沒有聽說過阿納斯塔西亞的能力，羅森豪爾是不可能會認出自己的。

克里斯想起了以前的事情。

在遇到游離之前，克里斯曾經是羅森豪爾實驗室裡的實驗品。

羅森豪爾把毫無關聯的孤兒們聚集在一起關進實驗室，現在想想，他們可能是為了要提升異能者聯盟的地位，所以打算成立一個祕密組織，以對付組織的敵人。

為了掩人耳目，他把實驗室建造在人煙稀少的冬季大洲。除了和羅森豪爾合作的精神系異能者以外，沒有人知道實驗室裡在做一些慘絕人寰的實驗。

丹尼爾計畫其實是羅森豪爾為了從那些孩子中選出一個作為羅森豪爾忠犬而實行的計畫。

除了克里斯之外，也有其他孩子來到這裡，但是最後只有克里斯活了下來。

知曉丹尼爾計畫的人員光一隻手就數得完，因為實驗室的研究人員大部分都因為異能者失控而失去生命。

『仔細回想後，我在實驗室的時候似乎也被當作測試舒緩藥物的白老鼠。』

克里斯現在終於知道每當自己快要失控的時候，手臂被注射的是什麼藥物了，這應該也是克里斯對舒緩藥物有強烈反應的原因。

當時批准丹尼爾計畫的羅森豪爾聽到克里斯失控的消息，立刻就下令封鎖實驗室並銷毀相關資料。那時候是聯盟發展的好時機，如果被人知道他們對小孩進行非人道實驗，那異能者聯盟是不可能全身而退的。

不過……

『一定還是有備份資料。』

在精神系異能者所設立的網際網路穩定運作之前，備份資料是非常重要的事情。

克里斯確信科學家一定會執著於記錄各種數據，所以他打開了實驗室的地圖，開始到處尋找。

有幾個可疑的地點。地下一樓配電盤旁邊的多功能室、地下二樓的打掃用具室還有地下三樓的實驗室。

克里斯一邊仔細檢查一邊往樓下走，這時克里斯發現本來應該空無一物的牆壁上出現了長長的影子。

好像有另一個人跟自己一樣突然感覺到其他人的存在而停下腳步。

克里斯利用念力移動了遠處的石頭，然後發現一群灰色小老鼠一哄而散。

躲在牆角的人似乎誤認稍早感受到的動靜是由老鼠發出來的，便解除警戒慢慢地走了出來。

那個人健壯的身材和臉孔……

「隊長？」

克里斯動了動嘴唇，當對方看到克里斯的臉時，也驚訝地瞪大雙眼。

「呃，你怎麼會在這裡？」

那個人是陽特，他表情僵硬地看著克里斯問道。

陽特的表情不僅僅是震驚，他看起來就像一個做壞事被抓到的小孩一樣。

「我追查毒販的蹤跡，就追到這裡來了。」

克里斯面不改色地說謊，他覺得自己越來越適合當間諜了。

「追到這裡？你瘋了嗎？我看你還是趕快回到本部去接受精神檢測比較好。」

陽特板著臉嚴肅地說著自己沒有辦法帶著這麼不穩定的隊員出任務，這種反應讓克里斯感到非常不解。

克里斯所認識的陽特是明知道自己投奔白夜，也會對自己說謝謝你回來的隊長，陽特的個性是絕對不會因為這種荒唐的理由找別人麻煩的。

雖然陽特是強化型，看起來有點木訥，但是他的形象一直是個關心隊員的好隊長。

克里斯思考了一下自己對陽特的信任感還有現在感受到的反常感，眼睛裡突然閃過了一道精光。

因為克里斯發現陽特口袋裡有一個帶有黯淡光澤的銀色物品。

『那一定是備份資料。』

克里斯馬上猜到那是什麼東西，在這個廢棄的實驗室裡，沒有任何東西比備份資料還重要了。

雖然克里斯不知道陽特為什麼會放棄追查克里斯・丹尼爾而跑到這裡，但他知道自己必須出手阻止。

克里斯一直以來都是這樣，思考時間很短，行動很快速。

當他的拳頭打向偽裝成陽特的那個人，隨著某種東西破掉的聲音傳來，對方的身體也跟著飛了起來。

拳頭感覺到的觸感不是十分堅硬，如果對方是真的陽特，那麼在他強化自己身體的同時，克里斯的手指骨也會隨之骨折。

「……你不是隊長。」

對方不是強化系卻又可以偽裝成陽特。

「杰伊？」

如果不是因為克里斯要隱瞞自己是丹尼爾，可能就認不出杰伊了。因為不管對方的身體強度多高，念力都可以讓他們像布丁一樣粉碎。

但是克里斯為了讓自己看起來像是極光的人，才赤手空拳地去辨別對方的身分。

難道說安德蕾雅失蹤的時候，去幫安德蕾雅收拾東西的不是陽特而是杰伊嗎？

「喔，這下麻煩了。」

陽特的外貌晃動一下，變成了杰伊的臉。他東搖西晃，脖子發出嘎嘎的聲音，接著從懷裡掏出一把槍。杰伊假裝要使用超能力，然後趁對方不注意的時候突然掏出武器的速度真是讓人嘆為觀止。

「克里斯，你是一名很厲害的隊員，我想要安全地回到六月大洲，但是你實在太能幹了。」

「杰伊，我們不是同一隊的嗎？」

克里斯正打算走近時，杰伊似乎是想要震攝克里斯，快速地解除了扳機的保險裝置。

「站在那裡不要動，把手伸高到我看得見的地方。」

杰伊把槍口對著克里斯說道。

如果是B級獸人化異能者應該只能勉強躲開，但是克里斯現在可以把杰伊的手及手中的槍捏成一團，讓人分不出來原本是兩種不同的物質。不過他沒有這麼做，反而乖乖地舉起了雙手。

克里斯不是想要避免打鬥，而是覺得杰伊很可疑。

難怪常常有人說做人不能掉以輕心。

「杰伊……這是怎麼回事……」

他結結巴巴的樣子讓杰伊相信克里斯真心感到害怕。

「這已經是第三次了。」

第三次？

克里斯有點驚訝，老鴇隊已經失蹤三個人了，自己應該是第四個人才對。

「這是什麼意思？難道你還對付過別的人？」

克里斯用生硬的語氣問杰伊，杰伊回答道。

「我也是不得已的。」

「吉利恩和阿帕爾納，還有安德蕾雅的事全都是你幹的吧？」

克里斯裝都不用裝，一股絕望感湧上心頭。

「吉利恩和阿帕爾納想要暴露出最靠近金城市區的港口，這嚴重地違反了極光的保密行為。」

這個理由非常沒有可信度，就連黑手黨也不會因為有人找到隱密的港口就把他們殺掉。更何況他們是按照上級的命令執行任務時，才無意間發現那個港口的。

「但是安德蕾雅的事不關我的事，那女的很會跑，所以你才是第三個。」

克里斯不知道自己現在應該要慶幸安德蕾雅順利逃脫，還是要擔心自己被杰伊追殺中。

「那安德蕾雅又做了什麼事？」

「你問題還真多。」

「你在開玩笑嗎？安德蕾雅是老鴰隊中和我最熟的人。」

克里斯大吼道，杰伊嘆了一口氣。

「安德蕾雅觸及的事情比吉利恩和阿帕爾納的事還要敏感，是上級交代我要除掉所有的目擊證人，我也沒有別的辦法。」

「……上級？」

杰伊沉重地點點頭。

「身分比隊長還要高……」

克里斯喪氣地喃喃自語。

「你的死將成為極光收復十一月大陸的基石，真的很抱歉。」

「現在想想，我也有點抱歉。」

克里斯惋惜地回應杰伊的低聲自語。

「什麼？」

「看來我必須要先制服你。」

「你腦子有問題嗎？你知道我背後的主使者是誰……！」

杰伊的手指搭在扳機上，但槍管卻慢慢地向後彎曲。槍管緩慢彎曲的速度有點挑釁的意味，似乎是要讓杰伊清楚看見這一幕。

杰伊看著槍管彷彿如同橡皮筋那般彎曲，雙唇不停地顫抖。

「克里斯？克里斯、克里斯！」

「我覺得你很可疑，我應該要等你除掉所有證人再找你，因為我也是幫一個壞人做事。但是你已經除掉吉利恩和阿帕爾納了，如果你接下來還想要除掉安德蕾雅，那我只好現在就讓你住手。」

「等、等等、等一下！」

杰伊一臉看到鬼的樣子盯著克里斯。

「這不是念力嗎？」

克里斯沒有回答杰伊。

克里斯握著拳頭衝上去，杰伊退後一步輕鬆地避開了克里斯的攻擊。克里斯認為自己應該給了杰伊結實的一拳，但是克里斯的手指卻什麼都沒有碰到，因為杰伊瞬間縮小自己的身體成功躲開攻擊。

克里斯一邊覺得杰伊能夠活用自己的變身能力非常有趣，一邊拆下了欄杆。克里斯用鐵欄杆包住杰伊，看起來就像是為杰伊量身而做的監獄。

克里斯走向杰伊，對方不自覺地乖乖伸出雙手，克里斯翻了翻杰伊的衣服，從口袋裡找出一副手銬。

克里斯銬住了杰伊伸出來的雙手。

幸好這裡只有克里斯和杰伊兩個人，如果克里斯在人潮擁擠的地方與杰伊對峙，那克里斯絕對不可能抓得到會變身的杰伊。

克里斯用念力縮緊手銬，然後彎腰用食指和中指拿走克里斯口袋裡的備份資料。

「你不能拿走那個！」

克里斯用念力弄彎一些欄杆並穿過手銬，除非杰伊割斷自己的手腕，不然不可能逃得出去。

克里斯認為游離可能會需要杰伊當人證，所以才沒有殺掉杰伊。

「你好，我是克里斯．丹尼爾。」

克里斯伸出手，面帶笑意地展現出在極光中學習到的社交禮儀。

「我已經自我介紹了，本來想跟你握個手，但想想還是算了。」

「天啊……這怎麼可能……」

杰伊用一種看到鬼的表情看著克里斯。

「你是誰？你真的是杰伊嗎？你用陽特隊長的外貌在外遊走，是因為陽特隊長是可以控制目前局勢及帶領我們的人嗎？還是說……」

克里斯冷冷地說道。

「你是想要讓陽特隊長幫你揹黑鍋？」

杰伊緊閉雙唇，克里斯突然笑了起來。

難道說……

「看來老鴰隊從一開始就被放棄了。」

「……！」

杰伊激動地瞪大雙眼。

「他們的計畫是讓你一個人活著回去，然後到處宣揚被黑手黨掌控的十一月大洲有多落後，以及白夜是個多可怕的組織。」

「……其實我並不是要一個人回去，我的責任是把你這種有潛力的隊員一起帶回去。另外，被我除掉的隊員，都是有正當的理由！」

「喔，是因為黑坑嗎？我不敢相信那些有能力的隊員只不過是找到六月大洲欺壓冬季大洲的證據，就必須被你除掉，而且這還是上級的命令？」

「你不能質疑羅森豪爾的計畫，他從異能者聯盟剛創建的時候，就一直為了極光付出所有的心血。」

「我知道。」

克里斯敲了敲手腕，杰伊認出了克里斯手上看起來像是手錶的東西，不禁瞇起雙眼。

「我之後會把這些當作證詞的。」

杰伊聽到自己說的話都被錄下來，但臉上卻沒有任何表情。

「反正那部手機拍的畫面是不可能經由精神系異能者的網路傳送出去的，他們會篩選所有內容，那些證詞是傳送不出去的。」

「真是抱歉。」

克里斯冷冷地回答，但語氣中絲毫沒有蘊含一絲抱歉的感覺。

「這不是極光的手機，這是一部破解過的手機，白夜給我的。」

「……什麼？」

杰伊的臉快速衰老，克里斯看到杰伊用超能力表達自己絕望的樣子，覺得非常有趣。

「極光給我的手機在這裡。」

克里斯拿起備份資料接著說道。

「謝謝你找到這個，它可以證明極光幾十年前對年幼的兒童所犯下的罪行。」

克里斯非常誠懇地諷刺杰伊，克里斯不由自主地想到那些深信杰伊是自己人，因而放下戒心最後卻慘遭殺害的夥伴們。

杰伊的表情漸漸垮了下來。

「你會害怕嗎？你應該要對自己參與過的罪行感到羞恥。」

克里斯也覺得自己話很多，但卻停不下口。

「隊長就連我處於非常可疑的狀態時，依然感謝我能夠活著回來‧如果是你，我相信隊長也會這樣跟你說。」

杰伊轉過頭不理克里斯。

克里斯使用念力重擊了杰伊的腦袋讓他昏迷，接著把玩著手上的備份資料。

『我該把這個拿給游離嗎？』

這裡面肯定有關於克里斯的過去，不管是影片還是研究期刊。

克里斯有點猶豫要不要讓游離知道這件事。

雖然知道這是能夠揭發羅森豪爾罪行的工具，他還是很猶豫。

『我不想讓你覺得我很可憐。』

如果游離因為克里斯生為怪物又被當成野獸養育而可憐他，甚至原諒克里斯曾經像頭猛獸行動的話怎麼辦？克里斯覺得游離因為這些微不足道的原因而被野獸制約的話，是件非常可憐的事。

他認為游離一直待在自己身邊，只會想起一些不好的回憶。

『算了。』

現在領悟這點還不算太晚。

克里斯決定脅迫杰伊回去六月大洲，如果在羅森豪爾的家附近等待，一定可以等到機會的。

『如果等不到機會，就再次借用阿納斯塔西亞的超能力潛入進去。』

克里斯不是為了別的原因，只是因為不敢面對游離而選擇逃跑，克里斯害怕自己又會裝可憐，無恥地祈求游離幫自己戴上狗鏈。

碰！

門猛然地被打開，克里斯還來不及反應，就覺得自己被一股沉重的空氣壓制住。而昏厥在一旁的杰伊臉上則露出了恍惚的神情。

『游離？』

克里斯這麼想的瞬間，僵硬的身體猛然地撞上了牆壁。

「你以為你之前那樣消失之後，我還會在沒有定位的情況下讓你到處遊蕩嗎？」

游離在克里斯身後大吼。

「你又想要搞消失嗎？你既然失去記憶了，那又是怎麼找到這裡的？」

「……」

克里斯不懂游離都已經在自己身上裝了定位器，為什麼聽到自己報告行蹤時都默不作聲呢？

難道游離是擔心克里斯發現定位器嗎？

還是說……

「我只是想確認幾件事情。」

克里斯強忍著顫抖的手回答道。

「我得到消息說羅森豪爾曾經在這裡蓋過實驗室所以才找過來，結果發現了我的夥伴。但是他假裝成隊長陽特進來這裡，我猜想應該有什麼目的，才制服他的……」

克里斯轉移話題正想向後退一步時，身體碰到的欄杆開始往後傾斜。應該是因為克里斯為了包住杰伊而拆開欄杆時，破壞了欄杆的平衡。

游離本來不覺得那有什麼大不了的，因為游離認為克里斯會利用異能者卓越的反應能力穩住自己的重心，或是用念力把歪掉的欄杆當成繩索使用。

但是發生的事情都跟游離預想的相反，克里斯開始往下墜落。

游離跑向欄杆的方向，原本以為克里斯會抓住自己，但是克里斯下意識伸出手之後發現對方是游離的瞬間，便又把手臂收回去。

他心裡一驚，雖然克里斯現在可以自由地使用念力，但是在這麼短的時間似乎不太可能找到一個合適的物品墊到身體下面，克里斯甚至有可能因為墜落的速度太快而讓內臟破裂。

游離想都沒想就往前撲，才好不容易抓住克里斯。他可以感覺到斷裂的欄杆撞破了自己的頭，卻絲毫不在乎。

就在游離要把克里斯往上拉的那瞬間，游離戴在手上的手套滑落，克里斯也跟著一起掉下去，情況又變得非常危急。

游離一感覺到手套掉落，就立刻伸出另一隻手抓住克里斯。雖然腳卡在欄杆的情況讓游離感到非常痛苦，但他還是苦苦撐住了。

這次克里斯一看到游離伸出手，就馬上回握了。克里斯固定住搖晃的欄杆，身體也緩緩地被游離拉上去。

「呃……」

當手一扶到地板後，克里斯就靠自己的力量爬了上去。費盡千辛萬苦才把人拉上來的游離大聲喘著氣，但克里斯可以感覺到游離的喘氣聲不是因為自己太重，而是因為憤怒和恐懼。

一當游離的呼吸平穩下來，就把手放到克里斯的臉頰上。

「你是故意要去死嗎？」

游離完全忘了手套已經在剛剛的混亂中脫落了。

「你不是說過……沒有你的允許不能擅自觸碰你嗎？」

克里斯垂著眼睛小聲說道。

「……什麼？」

游離氣得大罵克里斯是個愚蠢的傢伙，但是游離知道真正愚蠢的是自己。

沒錯，游離的確這樣說過。

「沒有我的允許，你絕對不能觸碰我。」

雖然游離知道克里斯是個什麼樣的人，但游離還是沒想到克里斯會把那句話看得比生命還重要。游離只能怪自己為什麼要跟一個和狗一樣聽話的人類說出那樣的話。

「克里斯·丹尼爾，你要我答應你不會丟下你，那你為什麼還要這樣做？我看你真的很想送死。」

游離的眼睛充血通紅，因為身體比較虛弱，只要太疲倦或是情緒起伏的時候，眼睛就很容易充血。

「我、我不是丹尼爾。」

克里斯弱弱地低聲說道。

「我現在不能是丹尼爾。」

在事情辦完之前克里斯必須隸屬極光，但是事情已經出了太多差錯了。

就算只有一天也好，克里斯也希望自己能以另一個人的身分去接近游離。

就像那個愚蠢的極光成員在偶然下對書店主人一見鍾情一樣。

克里斯不知道對游離來說自己算什麼，但他很想掐死那個心情蕩漾的男人，但同時也非常羨慕那個男人。那時候男人的內心是非常純潔的。

現在卻是一團亂。

這全都是因為克里斯沒有預料到會產生失去記憶的副作用才會變成這樣，不，應該是說他太低估羅森豪爾了。那隻小心謹慎的浣熊不但沒有離開自己的巢穴，反而把克里斯送到了十一月大洲。

游離聽到克里斯否認自己的身分，忍不住笑了。雖然游離的頭上還在流血，卻感覺不到疼痛。

「你也知道，灰姑娘，現在是午夜十二點，你的魔法已經失效了。」

讓克里斯看起來像是另一個人的禮服和玻璃鞋都已經消失了。

更何況這裡也沒有王子會過來找克里斯，半步都不會離開極光的羅森豪爾是不可能來這裡的。

為了見到不會離開城堡的王子，克里斯向仙女阿納斯塔西亞借了新生命，但是期限也已經到了。

所以克里斯才沒辦法再離開這裡了。

游離慢慢地眨眨眼。

「這樣就夠了。」

就算小時候很貪心，長大以後也必須要學著知足常樂，這是無可奈何的事情。本來應該守護游離的父母死在朋友的手中，而自稱為游離乾爹的羅森豪爾為了隨心所欲地指使游離，故意扭曲他的心靈。

游離還記得那片白色雪地，在所有的一切被人奪走而一無所有的生活中，他在那片凍土上得到一隻屬於自己的神獸。

至少游離沒有失去克里斯，這場鬥爭算是游離贏了。

「克里——」

就在游離開口想要勸說克里斯的時候，後頸突然一陣衝擊，接著他便慢慢地閉上了眼睛。

腦中一陣恍惚，雖然心裡不是沒有感到焦慮，但是游離對克里斯說過要對他下禁令，游離相信克里斯不會輕易離開自己。

克里斯是不能離開游離的。

「不是的。」

克里斯乾淨俐落地打量游離，讓游離倒在自己的懷裡，並低聲說道。

「一切都還沒結束。」

克里斯找回了記憶，也想起了自己的目的，現在時間還很充裕。

他必須要回去。

從克里斯和游離頭上掉落的柱子被震得粉碎，碎片飛向四方。克里斯的臉上也被劃出了一道紅色的痕跡，但是懷中的游離卻沒有留下一絲傷痕。

克里斯抱著游離邁開腳步。

天空中閃耀著紅色和蔚藍色的光芒，舊時代人類所射出的衛星依舊在天空中俯視著游離和克里斯。

就像他們第一次見面時一樣。

14 Chapter fourteen

玫瑰紳士

S e l f - D e s t r u c t i v e l o v e

「這愚蠢的傢伙……！毛毛躁躁的蠢貨！」

從昏迷中醒來的游離咬牙切齒地用各種髒話咒罵那名不在現場的男人，平時非常冷靜的游離很少表現出這麼強烈的情緒。

游離這次最大的敗筆就是沒想到自己用舒緩能量壓制克里斯以後，對方還會再次還擊。如果使用念力的話，游離就會發現空氣中的能量而有所防備，他萬萬沒想到克里斯竟然會選擇徒手制服游離。

蔡斯和游離板著臉站在旁邊。

「真的是他攻擊老闆的嗎？」

游離看著閃著精光的那雙眼睛回答道。

「我會改掉他的壞習慣的，你不用這麼激動。你現在去就業中心調查克里斯見過哪些人，如果他們還活著就把人帶到我面前。」

游離把頭轉向黑髮舒緩者。

「羅建你去調查實驗室裡有什麼東西，就算要動用重型裝備挖開實驗室也在所不惜。」

克里斯的直覺有時候真的像隻野獸一般，可以本能地找到自己需要的東西。

雖然游離沒有那種直覺，但幸好他總是可以發現自己的狗有沒有異常行為。游離覺得自己的狗會惹出比咬壞所有鞋子和撕毀鄰居報紙還要可怕的事情，只好盡快找到克里斯。

游離已經失去太多東西了，有些可能還是無意間從手指縫裡溜走的。

游離不可能輕易地讓自己下定決心想要擁有的東西再次被搶走，就算是克里斯自己想離開也不行。

「克里斯在實驗室裡抓到的那個人現在在哪裡？」

「除非找來焊接工，不然他是不可能逃出去的，現在被丟在一間儲藏室裡。」

「他是異能者，所以交給我來審問吧，把他帶過來。」

「是。」

☆☆☆

亞農看著坐在自己對面的男人，皺起了眉頭。

「你找我過來的目的，就是為了要我救活一棵枯萎的樹嗎？」

這裡看起來永遠都像一座陰森森的宅邸，一向明媚燦爛的玫瑰在這棟房子裡看起來像是快要生鏽一樣，不知道是不是因為今天的天氣不太好的關係。

「沒錯，就如妳所見，我的能力是操控玫瑰花，但不知道為什麼它們都枯萎了。可是我雙腿不太方便，所以才叫妳過來。」

亞農嘆了一口氣，前任聯盟代表羅森豪爾真是越來越蠻橫了。

異能者聯盟剛創立的時候，羅森豪爾明明就是一名令人尊敬的異能者，他撐過了對於異能者來說非常艱困的歲月，並成為精神系異能者艾根尼和洛夫娜夫婦強而有力的後盾，幫助他們完成許多創世實驗。

但是艾根尼和洛夫娜夫婦在反異能者聯盟的襲擊下過世以後，羅森豪爾就漸漸變了。本來以為羅森豪爾是被悲傷和憤怒淹沒，亞農還曾經為他感到惋惜。

因為沒有羅森豪爾，就不會有現在的極光。

亞農還是開始幫羅森豪爾檢查花園，花園裡應該要開滿各式各樣的玫瑰，但現在只剩下枯萎的褐色玫瑰。雖然修剪得很漂亮，看起來手藝很好，但是就只有形狀漂亮而已。

水質和土質全部都一蹋糊塗。

亞農問管家說怎麼沒有請園丁，管家表示羅森豪爾是個很挑剔的主人，所以他只會定期請人來修剪樹木，讓樹木看起來整齊一點而已。

「這裡種了這麼多玫瑰，竟然全都死了。」

亞農惋惜地說道。

羅森豪爾擁有操控玫瑰的能力，因此在花園裡種了各種玫瑰花，但是他看起來並不喜愛這些花。

每當亞農感到背後有股視線而轉頭查看時，站在陽台的羅森豪爾都在盯著這裡看。這種被人監視的感覺非常不好，更何況亞農是基於尊敬才答應這件苦差事。

「我看看，這裡的花都枯萎了。」

無奈的亞農似乎發現了什麼，咦了一聲低頭看著植物。植物被連根拔起，這應該就是這些花朵乾枯而死的原因吧？

「是誰拔的……」

愛惜花草勝過一切的亞農皺起了眉頭。

這時突然有個東西飛了過來。

亞農轉過身，環繞房子的樹木中間有個人影，人影跟亞農互看了一眼就消失了。那裡沒有任何道路，是一塊私人土地，到底是誰在開玩笑呢？

更讓亞農感到奇怪的是那名丟出某個東西就消失的人影竟然有點熟悉。

亞農正在努力回想對方到底是誰，卻被拄著拐杖突然出現的羅森豪爾抓住。枯萎的玫瑰藤蔓像輪椅般支撐著羅森豪爾的身體。

這時亞農發現地板上掉落了一個東西。

「發生什麼事了？入侵者做了什麼，他想要攻擊我嗎？」

亞農沒有辯解什麼，而是輕輕地移動一片葉子蓋住那個東西。

「應該不是，我控制植物正想對付他，他應該是覺得沒有任何勝算所以就跑了，我猜應該是小偷吧！」

羅森豪爾神情恍惚地用拐杖用力敲了幾下地板。

「小偷？什麼小偷？怎麼可能有小偷？」

羅森豪爾低頭呼叫保全加強戒備，亞農把剛剛發現的東西移到另一片葉子下面。

羅森豪爾轉頭回去房子裡以後，亞農繼續整理花園，就在她清理掉一堆落葉和斷裂的樹枝時，腦子裡突然閃過一個人的名字。

「克里斯，克里斯．極光！」

克里斯長得很好看，所以儘管已經被派遣到外地一陣子了，亞農還是記得他的名字。但是亞農卻猜不透克里斯為什麼會出現在羅森豪爾的家裡。

等到清理完花園離開羅森豪爾的家，她才從門上的常春藤藤蔓中取出那個正方形的物品。

那是一個放進手機就可以自動播放的記憶卡。

亞農回到自己家後，下定決心要讀取裡面的資料。但是一看到記憶卡裡面的內容，就無法再移開自己的視線了。

裡面是一些讓人意想不到的內容，如果說那些內容是偽造的，那也偽造得太像真的了。

就在影片快結束的時候，亞農的手不停地顫抖，她還發現了影片內容所標示的時間和特定地點。

就是今天晚上。

亞農猶豫了非常久，因為她不知道自己該不該去赴這個約。

這個記憶卡裡的影片內容都是真的嗎？

裡面許多內容都顛覆了亞農的價值觀，尤其是極光的所作所為和外部形象完全相反，這讓她感到非常驚恐。

她一直為自己身為內部建築物守護者的職務感到驕傲。亞農守護著舒緩者，不曾讓任何一個人闖進庭園過。

但是，現在證據竟然說那些行為不是在守護舒緩者，而是在囚禁舒緩者，那亞農會覺得自己的心念被踐踏了。

不過亞農也沒有把自己的一切獻給極光，她只是在做自己認為正確的事情，並沒有希望現在的職位會造就自己。

就算亞農沒有守著內部建築物的大門，她也還是亞農。

這個信念一直指引著亞農的腳步，就算影片的內容只有一半是真的，亞農也覺得這次的見面是值得的。

亞農在約定的時間到了約定地點等待，接著一個男人出現了。

「這個是要給羅森豪爾的，結果竟然跑到妳手裡了。」

「沒想到你會約在這麼偏僻的地方。」

「因為我怕被襲擊。」

襲擊。

亞農聽到這句話，緊緊地閉上眼睛。如果是羅森豪爾，他一定會想盡辦法讓擁有這段影片的異能者從世界上消失。

「我看到的那些影片，到底是什麼？」

亞農的聲音有些顫抖，她清了清嗓子，用帶著絕望的眼神看著克里斯。

「那是一個神藥，可以讓住在那棟房子裡雙腿不方便的人邁開大步奔跑。」

在亞農看來，這的確是呼喚羅森豪爾最快速的方法。

「我是隸屬極光的異能者，既然我知道你打算威脅羅森豪爾，我就不能袖手旁觀。」

「我的確是想要威脅他。」

克里斯大方地承認。

「你覺得那段影片的真實性有多高？」

「我沒有義務要回答妳的問題。」

葡萄藤蔓隨著亞農的手勢舞動，樹木的樹根也逐漸伸展開來。四周的植物像蛇一樣快速延展包圍著克里斯，讓他就像一頭待宰羔羊。

亞農繃緊了神經，不僅是為了防止克里斯化身為野狼逃走，也為了要確實抓住克里斯。

藤蔓交織在一起形成了一個球體，密密麻麻的縫隙似乎連手都無法伸出來。雖然那看起來只像一棵普通的樹，但是施加壓力的話也是可以讓人粉身碎骨的。

「我必須要知道被派遣到十一月大洲的你為什麼會拿著這個東西回來，是白夜教唆你的嗎？」

「如果是這樣的話我早就擺脫這些束縛，把妳當成人質了。」

「……」

「我是為了揭露極光的真面目。」

克里斯為了證明自己不是亂說的，他把圍著自己的藤蔓解開了，也鬆開纏住腳踝的樹根，整個過程就像拍掉身上的灰塵一樣簡單。

雖然亞農也不是真的要讓克里斯粉身碎骨，但是克里斯逃脫的方式和速度還是令亞農嘖嘖稱奇。

「這些對我沒用。」

亞農看到克里斯腳踝留下的紅色印記隨著異能者的自癒能力消失後，再度控制植物飛向克里斯。亞農騎在由樹枝、藤蔓和花朵樹葉結合成的龍頭上，撞向克里斯。

幾百隻蝴蝶瞬間飛起來擋住了視線，亞農手拿顛茄編織成的匕首刺向克里斯所在之處。

但是克里斯卻不見蹤影。

本來應該自由飛翔的蝴蝶圍繞著亞農，擋住她的視線。接著與亞農相連的樹枝與樹根一根根被拔出來。

亞農不曾被派遣到十一月大洲，因為她的能力是控制生長在地面的植物。十一月大洲的天氣寒冷，植物種類稀少，植物特性也跟亞農擅長控制的植物不一樣。

但是每當亞農聽到有人在談論念力異能者的事情時，總是會提到一個名字。

那就是克里斯．丹尼爾。

「妳現在願意跟我好好談談了嗎？」

「雖然你很強大，卻不會用武力來證明，這表示你的故事有一定的可信度。」

亞農的臉上的戰意消失，取而代之的是一聲長長的嘆息聲。

克里斯．丹尼爾這個人不可能無緣無故離開游離．索伯烈夫跑來六月大洲的，更何況克里斯還以克里斯．極光的身分成為極光的成員。

很明顯地克里斯知道一些亞農不知道的事情。

「你說吧！」

亞農找了個位置坐下來開口說道。

「我只能答應你我會很客觀地聽你的故事。」

「那樣就夠了。」

克里斯緩緩地開始說故事。

☆☆☆

「所以你打算揭露羅森豪爾所有的罪行嗎?你有沒有想過後果?」

「我認為我們應該先把舒緩者移到安全的地方，不然情況危急的時候，羅森豪爾會為了保全自己洗腦異能者才得以建立的組織而帶走那些舒緩者。」

克里斯待過極光，所以他知道目前不是所有的異能者都把舒緩者當成補充舒緩能量的對象，像眼前的亞農就是擔任守護者的角色。

「羅森豪爾真的會那樣嗎?雖然我看了影片，但還是不敢相信。」

亞農低聲說道，畢竟她知道的異能者聯盟運作方式大部分都是羅森豪爾設計的，難免會認為舒緩者很柔弱。

亞農來回踱步。

「現在內部建築物中的舒緩者應該都集中在太陽殿，這樣正好，你可以去說服他們，不過我覺得應該很難說服。」

克里斯露出了苦笑。

他大概知道亞農的意思，就算再怎麼努力，也有可能換來最糟的結局。不過克里斯實在無法坐以待斃。

克里斯在亞農的幫助下偽裝成職員成功地進入內部建築，但是說服舒緩者們才是最困難的事。

「我無法相信你。」

內部建築物的舒緩者搖搖頭，那名舒緩者似乎認為跟異能者克里斯討論這些事情讓人很不自在。

「我一直在極光中接受保護，你現在才跟我說這一切都是不正常的，可是我跟你之間根本沒有任何信任基礎。」

「金塔。」

「亞農，就算妳打包票也是一樣。」

金塔不光是害怕異能者，還很害怕目前的處境。金塔站起身來大步地朝舒緩者的住處走去。

克里斯可以感覺到舒緩者之間出現了各種不同的意見，有些人覺得這是惡意的陷阱，也有人覺得是安全演習。

舒緩者明明有自由意志但卻不敢行動，克里斯不禁覺得羅森豪爾的洗腦手段真的很厲害。

「既然你們說外面很危險，那我們一直在這裡接受保護不是更方便嗎？你們只要守住入口就好。」

「這裡可能有我不知道的祕密通道，我之前經過某些柱子時，曾經聽到裡面好像是空心的，還傳出風聲。」

「但是外面……」

「如果我們擅自跑出去，然後有人不見了怎麼辦？」

克里斯的臉上露出了悲傷的神色，如果不能說服所有人，那就只能拋棄一部分人，但是他知道自己不能期盼剩下的舒緩者可以逃出羅森豪爾的魔爪。

「不行，我們必須要離開。」

一扇植物做成的門被打開，一個男人大步地走進來介入談話，克里斯看到男人的臉嚇了一大跳。

「盧卡？」

應該待在十一月大洲的盧卡為什麼會出現在這裡？

「梅貝爾，他們一直在欺騙我們。他們假裝這些情況都是不得已的，限制我們的自由，好隨心所欲地控制我們。他們說生活在外的舒緩者全都過著悲慘的生活，那根本就是一個大騙局。」

盧卡堅決地說道。

「我和自由的舒緩者談過話，是他告訴我在極光以外的地方也可以有正常生活。雖然高牆之外的生活未必美好，但至少可以親身經歷百花綻放和各種風風雨雨不是嗎？」

盧卡一一注視著每一位舒緩者。

「我們離開這裡吧，離開人造風，去感受真正的風吹撫過肌膚的感覺；遠離日光燈，去曬曬真正的太陽。」

一陣喧鬧聲充斥了整個空間，有些人似乎被說服了，有些人看起來有點疑慮，但是整個氛圍跟克里斯單獨說服舒緩者的時候完全不一樣。

亞農打算用安眠藥讓內部建築物的員工入睡，再把他們帶到安全的地方後用植物鎖住大門。她也另外安排了舒緩者撤離的地方，她表示自己可以搭建一片臨時的森林讓舒緩者躲藏。

「盧卡，你怎麼會跑回來？」

盧卡把屬於舒緩者的正式服裝脫掉，換上休閒的打扮說道。

「因為我得到意想不到的幫助。」

「意想不到的幫助……」

「是陽特隊長。」

「我離開的時候隊長還不知道這些事情，這是怎麼回事？」

盧卡喔了一聲說道。

「安德蕾雅回來以後，事情有了很大的轉變。我們找到了藤蔓組織的分部，阿帕爾納也獲救了。」

克里斯不由自主地摀住嘴巴，這真的是個天大的好消息。

一直在監視第五個黑坑的白夜找到了躲藏起來等待機會的安德蕾雅，安德蕾雅暗中聯絡了陽特，並與斯基勒、費德里克和亞米德一起追查到藤蔓組織的臨時總部。

還在那裡找到了對舒緩藥物上癮的阿帕爾納。

安德蕾雅托黑坑的福和白夜取得聯繫，接著在幫忙治療阿帕爾納的過程中，發現了被囚禁的杰伊，並經由克里斯試探杰伊的影片中發現老鴇隊已經被拋棄的事情。

陽特知道這件事情後非常憤怒，個性剛烈的陽特對極光有多忠心，當時感到的背叛感就有多大，因此陽特也決定幫忙揭露極光的真面目。

「你說是游離……我是說索伯烈夫先生要你先回來的嗎？」

克里斯一講到游離的名字就結巴，只要想到游離不知道會怎麼罵自己，他就不自覺地變得很緊張。

「是的，雖然我不知道白夜的老闆是怎麼認識我的，但真的幸好有他的幫忙，也幸好內部建築物的夥伴們願意聽我的話。」

「如果不是你的話，損害應該會更大，你知道老鴰隊什麼時候會回來嗎？」

「我只知道每個人的行程都不一樣，現在應該差不多都到了。喔，但是阿帕爾納還留在十一月大洲休養。」

「幸好他還活著。」

克里斯每個字都充滿真心。

「我聽說有人用羅森豪爾的惡行做了一段影片，你打算怎麼曝光那段影片？」

「我不是精神系異能者，所以無法連結網路，而且用極光的網路傳送的話，影片可能會被竄改。所以我打算入侵極光總部前面的電視牆，用它來播放影片，希望這樣可以讓多一點人看到影片。」

極光總部的異能者是全世界最多的，這就像是一名小偷要對付幾千名警察一樣，但是克里斯還是有信心自己可以成功。

他只擔心影片不知道可以播放多久。

「你不要把事情全部攬下來。」

克里斯嚇了一跳，因為盧卡完全說中克里斯的心聲。

「白夜也來了。」

盧卡小聲地說道。

「他們說要搶奪極光的網路，而不是像你說的一個個佔據電視牆，你要不要加入他們？」

「他們的計畫是什麼？」

「先入侵蜂巢網的伺服器，其他等到見面時再詳細說明。」

盧卡把手機上的位置拿給克里斯看。

「這裡是集合地點。」

「你知道那裡有誰嗎？」

「我也不知道，他們只要我傳話給你。」

克里斯咬了咬嘴唇，雖然游離禁止克里斯咬嘴唇，但現在也顧不了這麼多了。

克里斯滑著盧卡拿給自己的手機，低著頭說道。

「謝謝你。」

「不客氣。」

舒緩者們各自散開，準備即將來臨的「外出」，而盧卡也是其中一名。

克里斯則前往盧卡所說的集合地。

這是他找回記憶後第一次和白夜見面，不管是以前還是現在，克里斯跟游離以外的人都維持著平淡的關係。

不管白夜的誰過來對克里斯來說都是一樣的，然而當他看到以福爾圖娜為首的白夜成員還是鬆了一口氣。

因為游離沒有一起來。

「盧卡說白夜的計畫和我的不一樣，所以我在想會不會有我需要幫忙的地方。」

「雖然我們的目的都是要拖垮羅森豪爾，但是方法有點不同，比起入侵電視牆，我們應該要用更強烈的方法。」

「更強烈的方法……妳是說蜂巢網嗎？」

「對，我會把我的手機連到蜂巢網的伺服器室，讓他們以為有新的機器，然後入侵他們的網路。」

克里斯睜大雙眼。

「妳現在有餘力可以進行那些任務嗎？」

「目前還可以。」

福爾圖娜低聲說道。

「只要接通網路就可以把畫面傳送到各大洲對吧！」

「目前。」

「是。」

「但是就算增加一名幫手，應該也無法阻擋羅森豪爾那邊的網路訊號吧？」

這是個合理的問題，福爾圖娜點點頭說道。

「蜂巢網是讓訊號往同一個方向流動的系統，你可以把它想成一條軌跡，只要連接於其中，就無法脫離那條軌跡。」

到目前為止這些跟克里斯猜想的差不多。

「如果能夠擺脫蜂巢網的控制，連接到外部的訊號，就可以改變軌跡。現在唯一的變數是現有的成員會不會選擇別的軌跡，但我想他們應該可以認出我。雖然蜂巢網的異能者身體都呈現假死的狀態，但他們的頭腦是清醒的，並互相進行交流。如果我開啟新的軌跡，他們就可以脫離控制，把羅森豪爾的罪行傳送到任何有網路的地方。」

克里斯本來以為會很複雜，沒想到福爾圖娜解釋得相當淺顯易懂。

找到伺服器室，設定手機連接，然後有人要來破壞的話就擋下那些人。

網。

「我一個人去設定就好了嗎？」

「白夜還會再派一個人過來，他還沒到六月大洲，你明天就會見到他的。」

克里斯認為那一定不會是游離，白夜的老闆是不可能輕易離開十一月大洲的。

更何況羅森豪爾現在正在拚命地尋找游離，如果他過來六月大洲的話根本就是自投羅網。

為了讓自己冷靜下來，克里斯一直說服自己明天見到的應該會是蔡斯。

但是現實卻狠狠潑了克里斯冷水，他最擔心的事情還是發生了。克里斯在前往蜂巢網伺服器室的走廊等待時，大步出現在克里斯面前的就是游離・索伯烈夫。

游離看著那張錯愕的臉，嘴角動了動，似乎覺得很有趣。

「你看起來氣色很好，難道完全沒有想到會是我來嗎？」

「……游離！」

克里斯整個人跳了起來。

「你瘋了嗎？這裡有多少異能者想對付你，你幹嘛親自過來？」

靠在門上的那個人怎麼看都是游離，但不知為何臉色看起來很蒼白，頭上還綁著繃帶。

克里斯這才想到游離在實驗室的時候為了救自己，額頭撞到了欄杆。

「想攻擊我的『異能者』又不可能把我怎麼樣。」

游離冷冷地回答，那個眼神彷彿是諷刺克里斯擊倒游離後逃走的事情。

「但是。」

「我要復仇，我不希望自己只能待在十一月大洲上枯等。」

「……我知道了。」

游離似乎知道路，走在前面帶路，克里斯不知道該說什麼，只好閉上嘴巴，反正游離也不是那種和藹可親會主動找話題的人。

不知道是不是因為太安靜，克里斯在走路的時候視線一直看向纏在游離頭上的繃帶。雖然擔心游離會不會留下疤痕，但又覺得對方根本不會在意這種事情，一切都是自己在自尋煩惱。

「你再這樣看著我，我的頭就要被你看穿了。」

一向對他人視線很敏感的游離，當然也發現克里斯一直在看著自己。

「你的頭還好嗎？」

「醫生說不要亂動就會趕快好，但是我聽到醫生這樣說覺得很生氣。」

一向沉著冷靜的人竟然說自己很生氣，克里斯有點無法理解。

「我冒著生命危險救了一隻狗，但那隻狗竟然不在乎自己的死活，甚至還打暈我後再逃到其他大洲去，我現在終於知道怒火衝冠是什麼感覺了。」

克里斯緊閉著嘴巴。

「叫你不要再離家出走，結果你還是跑走；是你苦苦哀求我不要丟下你，結果你又一副想被我丟下的樣子，這是不是代表不管我怎麼誤會你都沒關係？」

游離默默問道。

「我只是來做我份內的事情。」

「對啊，你是為了我才想找羅森豪爾報仇的。」

游離帶著自嘲的語氣說道。

「所以你才借用阿納斯塔西亞的能力嗎？」

游離走在昏暗的清晨問道，克里斯有點驚訝，不知道游離是怎麼找到就業中心的娜絲琴卡的。

「我認為待在極光就有機會接近羅森豪爾並暗殺他。」

「殺了他之後呢？你要一起陪葬嗎？」

不管暗殺是成功還是失敗都不是好事，只要羅森豪爾一死，克里斯一定會被追殺。雖然克里斯不是一般的S級異能者，但這裡是六月大洲，也是異能者聯盟的總部，極光所有的異能者一定會一起追殺克里斯。

「你覺得我的狗為了幫我報仇而死的話，我會高興嗎？」

游離問道，雖然用詞很低俗，但是聲音裡沒有絲毫怒氣。

「如果你覺得我會高興，那真是我的錯。」

克里斯想告訴游離自己沒有那樣想。

「……你是怎麼知道娜絲琴卡就是阿納斯塔西亞的？」

「阿納斯塔西亞改名成娜絲琴卡，這個假名超級沒有誠意的，雖然說她的年齡、外貌、種族都不一樣，所以叫什麼名字好像也沒差。」

聽游離這麼說，娜絲琴卡應該是阿納斯塔西的暱稱。克里斯突然覺得有點羞愧，這麼重要的線索一直在自己面前，但自己卻不斷錯過阿納斯塔西。

「你不用擺出這麼愚蠢的臉，我的父母雖然是這個世代的人，但是他們非常喜歡探究過去的根源，所以我也自然而然地知道這些。」

克里斯跟游離兩人現在就像是只是短暫分開後又再次相遇一樣，延續著之前的話題，這讓克里斯感覺有點奇怪。如果游離責怪克里斯，他可能還會覺得舒服一點。

「伺服器室就在這棟大樓裡。」

游離站在一棟外觀漆成灰色的大樓面前說道。

「現在是換班時間，我們現在進去吧！」

克里斯點點頭。

他用念力抬起游離，把他送到通風口。如果這時候發出聲音，可能會引起回音，所以克里斯小心翼翼地邁開步伐，連呼吸都非常小聲。

只要感覺到有人經過，游離和克里斯就會屏住呼吸互相摸著對方，應該是因為太緊張所以才需要找一個舒緩的出口。

「到了。」

歷經漫長的沉默以及移動之後，游離和克里斯終於到達目的地了。克里斯在伺服器上貼了一個閃著藍光的球體，上面的數字跳出來後，藍光繼續閃爍而數字則是一直上下浮動。它正在連接伺服器。

游離嗯了一聲，叫出了一個投影畫面。小小的福爾圖娜投射在游離的手掌上並開口說道。

「連接完畢。」

手機亮起了藍燈。

「我現在立刻入侵系統。」

福爾圖娜說道。

她現在的狀態已經是極限了，如果連結蜂巢網的精神系異能者沒有認出福爾圖娜，又或是她無法抵抗禁令而被彈開的話，很有可能會撐不住。這可能會讓福爾圖娜昏厥過去，甚至危害到生命。

但是福爾圖娜依然在等待今天的到來。

她希望能讓大眾知道羅森豪爾為了自己的榮耀而剝削他人，也希望世人可以知道這些事情都是不對的，異能者的犧牲並不是理所當然。

投影圖像裡的福爾圖娜眼神空洞，而紅色數字依舊不停地上下浮動。

「……看起來情況不太妙，好像開始互相抵制。」

游離觀察了一下，感到有點焦燥。

「互相抵制嗎？」

「我們再觀察一下，如果超過五十秒的話，就解除連結。不然有可能會讓福爾圖娜失去意識，我們要專心一點。」

克里斯開始倒數，應該是因為投影的關係，感覺真實的福爾圖娜現在就在通訊網路中穿梭。

「三……二……」

「成功。」

就在四十八秒的時候，投影像的燈號變成藍色。此刻除了伺服器運轉的聲音以外四周非常地安靜，應該是因為精神系異能者控制的網路中掀起了一陣混亂的關係。

克里斯身上由極光配給的手機開始發出嗡嗡嗡震動的聲音，接著所有連結極光網路的機械設備也同時在震動。

「讓、讓、讓、讓極光守護您充滿希、希、希——」

影片開始播放。

影片的開端是十一月大洲上平凡的景色，雖然建築有些老舊，但是生活在那裡的人們看起來跟其他大洲的人沒什麼兩樣，只有穿著有些不一樣而已。

一點都不像一個被惡名昭彰的黑手黨所統治的城市。

這時候鏡頭轉向了人類的垃圾場，也就是黑坑。

一直盯著影片的克里斯轉頭看向窗外，發現有一群身穿黑衣的人在外面，他們手中拿著一個連著掛鉤的繩索。

「好像有人發現我們在伺服器室裡動手腳了。」

克里斯很慶幸福爾圖娜現在人不在這裡，如果要邊保護她邊打鬥的話會非常辛苦。

「不愧是羅森豪爾，我還以為我們可以撐到第二部影片。」

匡噹！

窗戶破碎的聲音傳了過來，繩索上的掛鉤掛在窗框上，上面吊著許多搖搖晃晃的人。

克里斯用念力慢慢地拉起掛勾，等更多人攀上繩索以後，才把掛勾拋向空中。

接著克里斯聽到人們的慘叫聲、東西的破碎聲還有呻吟聲。

「他們要從門口進來。」

除了從窗戶爬上來的人以外，極光還安排了另一支隊伍從樓梯上來。伴隨著巨響，伺服器室四面的玻璃窗都被震得粉碎，應該是控制聲波的異能者做的。就在克里斯打算要去保護游離時，游離已經釋放出舒緩能量控制住自己周圍。

各種雜音戛然而止，眼神呆滯的異能者隊伍就像一群喪屍一樣在地上掙扎爬行。

無論什麼時候，非接觸性舒緩課程都讓人覺得非常驚奇。

游離將舒緩能量灌輸到每個異能者身上，讓他們產生逆流現象。因為現在沒時間一一解除異能者們被洗腦的狀態，環境也不允許游離這樣做，所以只能先壓制異能者讓他們無法動彈。

游離趁著混亂假裝自己也是異能者來轉移注意力，而克里斯正用念力讓一名拿著刀指向游離脖子的傢伙飛向電梯。

那個人身體撞到鐵門，並在鐵門上留下凹陷的痕跡，克里斯才突然發現自己沒有控制好力道。

只要是跟游離有關的事情，都會讓克里斯變得很敏感。

同時，窗戶外面有一些帶著白色蒸汽的圓形液體飛了進來，游離用他從異能者身上搶來的槍打中了其中幾個，其他的則是被克里斯的念力再逼到外面。

圓形液體在空中爆裂，發出轟隆隆猶如雷鳴的聲響。

「已經第三組人馬了，我們必須要撐住！」

游離大喊，那些透過舒緩藥物被羅森豪爾洗腦並成為羅森豪爾魁儡的異能者從眼前閃過，游離在其中看到手被藤蔓纏繞的圖案。

擁有相同刺青的人連綿不斷地湧上來。

克里斯咬緊牙關，心裡非常清楚如果自己倒下了，那麼身處於這群瘋子中的舒緩者會有什麼後果。

克里斯揮揮手，電梯門縫的鐵片開始飛舞並包圍住伺服器室，成為密閉空間的伺服器室溫度不斷升高。

咚！咚！

地板在搖晃。

「這些瘋子該不會想要毀了這棟建築吧？」

克里斯皺著眉說道，他把手放在地板上，用念力來穩固承重柱。這時，克里斯突然感覺到有股強大的力量撞上來，接著鼻血便順著臉部線條流了下來。

如果這時可以接受游離的舒緩課程，身體應該會好過一點，但是克里斯故意沒有抬頭。他不是想要耍帥，只是不想給正在制壓異能者的游離其他壓力。

但是游離不可能不知道克里斯在流鼻血。

「真是的……你這習慣真的很不好。」

游離嘆著氣說道，並粗暴地把克里斯拉到身邊。

儘管在三步以外的地方，克里斯設置的鐵板已經被人打出手掌的凹痕，但游離仍然不顧一切地親吻克里斯。

和游離肌膚接觸的地方所傳送過來的舒緩能量讓克里斯幾乎要喘不過氣來。

「我、我沒……關係。」

「我下次也會沒收沒關係這個詞的。」

游離鬆開克里斯的手說道，並掏出了克拉克手槍，冷靜地裝上子彈，就在外面的人正要突破鐵片時扣下了扳機。

碰！碰！

游離每開一槍，就會聽到有人倒下的聲音。

這時，他們準備的影片終於播放到最關鍵的內容。

福爾圖娜的投影圖開始閃爍，這表示他們所準備的羅森豪爾惡行影片已上傳完成，現在人們可以自由下載觀看。

「我來了！」

遠處傳來亞農的喊叫聲，像是樹枝的東西迎著風從窗戶飛進來。克里斯看到有人可以幫忙支撐住快倒塌的伺服器室後，便眨了眨雙眼收回了自己的能力。

『舒緩者應該都被送到安全的地方了吧？』

接著克里斯就像電源開關一樣，一秒鐘後就陷入了黑暗之中。

☆☆☆

「讓、讓、讓、讓極光守、守、守、守護您充滿希、希、希——」

不斷重複播放的極光公益廣告在一陣雜訊中戛然而止。

人們的目光一瞬間都聚集在變黑的電視畫面上。

這時候各個螢幕上開始播放一部相同的影片。

在夜色中，出現了許多身上刺有藤蔓刺青並服用舒緩藥物的異能者、想要離開極光卻突然失蹤的舒緩者、躺著許多臉色蒼白異能者的蜂巢網、掛著極光標誌的實驗室裡有許多研究人員正在忙碌地對兒童異能者進行殘酷的實驗。還有只要點擊一下就可以下載羅森豪爾所建立的兩種不同帳本，也可以看到精神系異能者被搶走工作並被送進蜂巢網的畫面。

雖然有人試圖截斷電視牆的畫面，但也無法阻止每個人手機上播放的影片。

有些人可能會認為影片是捏造的，但是影片旁邊彈出的視窗是建造黑坑的企業名單和他們處理廢棄物的現狀。當然影片裡還包含了販售舒緩藥物的管道，以及沉迷於舒緩藥物後成為藤蔓組織，最後在白夜的幫助下戒掉舒緩藥物重新回歸正常生活的異能者證詞。

被稱為玫瑰紳士的異能者聯盟創始人之一，羅森豪爾的天下就這樣結束了。

☆☆☆

「你快回來。」

夢中的游離說道。

陷入深沉睡眠的克里斯搖搖頭說自己還沒恢復記憶，但是他也知道自己的拒絕毫無用處。就算游離再次把克里斯抓回去囚禁，他也不會逃走的。

但是、但是——

克里斯轉過身，他必須要離開，他還有事情要做。做什麼呢?克里斯問自己，卻也找不到答案。

克里斯越是讓自己陷入昏迷，就覺得越平靜，他似乎覺得自己就算永遠無法醒來也沒關係。

這時候有一道被埋藏的影像一閃而過。

貫穿克里斯胸前的傷口。

「我們彼此欠著對方。」

關於過去記憶中的最後一個片段也出現在克里斯的腦海裡。

克里斯發現自己根本是在凌虐游離後便開始拒絕舒緩課程，但是曾經失控過的異能者身體根本無法負荷。

克里斯發生了第二次失控。

直到失控的前一天克里斯都還在隱瞞自己的身體狀況，直到他出門和敵對組織談判時，才發現那是一場陷阱。

經歷第一次失控後，克里斯對於周遭的殺意變得非常敏感，只要失去理智就會開始破壞周圍的環境。因為他認為要減輕自己的痛苦，就必須先耗盡身體裡沸騰的能量。

因為天生身為異能者才會有這種痛苦，所以某個程度上這個想法是符合本能的。

好在敵對組織的成員全都被消滅了，但克里斯的失控不分敵我，所以游離也差點喪命。

直到看見游離的血，才稍稍恢復了一些理智。

但是過沒多久克里斯又感覺到自己快要失去理智，於是他運用剩餘的念力找到銳利的物品，並且毫不猶豫地劃向自己的胸口。

既然他不斷失控，那就只好去死。

因為克里斯不想要讓游離被捲入其中。

「不可以！」

聽到游離大聲喊叫，克里斯低頭看向自己的胸口，發現玻璃碎片深深地插在胸前，並流下了鮮紅的血跡。這時游離已經抓住克里斯，開始拚命灌輸舒緩能量。

異能者越接近百分之百舒緩，自癒的能力就越強，所以克里斯才能度過那場難關。

但是游離帶著受傷的身體又熬夜進行舒緩課程，最後不支倒地，過了好幾天才醒過來。

恢復理智的克里斯這時候才發覺自己根本就是一枚定時炸彈。

儘管克里斯不再拒絕游離的舒緩課程，但是他知道只要自己存在一天，游離的痛苦就不會結束。

等到游離醒來以後，克里斯表示暫時不需要游離的舒緩課程，這次不是因為愧疚，而是為了要讓身上留下傷痕。

所以克里斯的胸前才會有一道長長的傷疤，只要覺得自己又快要失去理智的時候，他就會撫摸自己的傷疤並想著游離。

克里斯不能忘記自己的瘋狂會讓游離陷入危險之中。

克里斯就是靠著這個念頭活了下來。

克里斯醒來的時候雙頰溼潤，還有一頭凶狠的猛獸在咬著自己的嘴唇。克里斯喘著粗氣，感覺到舌頭伸進了自己的嘴裡，當克里斯欲望高漲抱住對方的時候，一陣黑櫻桃的香味飄過，讓克里斯瞬間明白自己抱住的人是游離。

「……為什麼？」

為什麼游離每次都要救自己？

難道不覺得很不舒服嗎？

「我這麼渴望你、吸你的血，想把你啃食得一乾二淨，你為什麼還要救我？」

克里斯像個小孩一樣，邊發脾氣邊問道，游離無奈地笑了笑，然後再度粗暴地咬住克里斯的嘴唇。

「這樣我是不是也算頭野獸了？」

游離一邊舔著克里斯傷口中流出來的血，一邊小聲說道。

「如果我也這樣對待你，你就沒有理由因為罪惡感而消失了吧？」

游離一邊追問，一邊更深入地刺激克里斯。

就算是克里斯嘴裡含著一朵有毒的花，神智可能也不會這麼恍惚，酥麻麻的感覺似乎減緩了疼痛。

每當游離親吻，克里斯就覺得心跳加劇。對方強而有力的手掌抓住克里斯的頭髮往後拉，讓他的頭跟著往後仰，游離的臉貼到了克里斯的胸膛上，吸吮著乳頭還留下了齒印。

游離一點一點地咬著克里斯的肉，刺激著克里斯的感官。

「那個……你這樣咬我，有點癢，呃！」

游離把嘴唇用力壓在乳頭上，蹂躪著克里斯的胸部，讓他開始擔心游離會不會咬下自己的乳頭。等到游離鬆開嘴唇之後，克里斯的胸口留下了一道長長的痕跡，下腹部也感覺到一陣熾熱。

克里斯不知道該怎麼面對自己現在飄飄然的心情。

「我已經受夠你自以為是地為我著想還不斷地離開我，現在換我隨心所欲地行事了。」

游離把嘴唇靠到克里斯胸口的傷口上說道。

「我救了你兩次，第一次和第二次都是我救你的。」

「哼呃……」

「在你還完我人情之前，你哪裡都不能去，知道了嗎？」

游離把克里斯壓到在床上，並騎到克里斯的身上大聲吼道。

「知道了嗎？」

克里斯的頭靠在枕頭上點了點頭。

游離非常凶狠地在克里斯身上留下紅紅的齒印，但是當柔軟的舌尖舔過刺痛的傷口時，卻讓克里斯忘記了疼痛。

游離撥開了克里斯的臀部，把手指頭伸了過去，當手指頭觸碰到會陰部時，克里斯感到一股炙熱從胸口延續到了下腹部。

游離把手指頭伸進後庭，雖然還不夠溼潤有點乾澀，但是游離觸碰到的地方開始傳送舒緩能量，減輕了一些疼痛。克里斯閉上眼睛努力放鬆腰部並微微抬起臀部，專注地感受游離手指頭傳來的感覺。

雖然下體還非常緊繃，但游離卻已經壓上克里斯的背，克里斯此時就像是逃不出野獸手掌心的獵物，出於本能的危機感，他冒出了一身冷汗。

游離的生殖器靠在克里斯的入口，啪的一聲，下體被撐開的感覺彷彿是從腦中傳來一樣，克里斯緊緊地握住床單，手掌逐漸變得蒼白。

「好痛、啊、啊！游離、游離……！」

克里斯全身隱隱作痛，發出了呻吟聲，但克里斯根本碰不到游離。克里斯害怕自己太用力會讓他受傷，也怕自己無法控制這股炙熱感而失控。

「克里斯，是你害我變成一個邪惡之人。」

游離就像書店主人對待客人一樣，溫和地說道。

「如果我粗魯地對待你，你就會乖乖地忍耐……」

凶狠的語氣和粗暴的動作讓克里斯嘴裡發出了喘息的聲音。

「如果我對你好一點，你反而會害怕地逃跑。」

游離說話的語氣時而隨便時而溫和，就像兩個不同的人，一個是白夜的老闆游離・索伯烈夫，一個是二手書店的老闆游離・木蓮。

不管是哪一個，對克里斯來說都不是一件好事。

「哼呃，呃……游離，你快幫我，游離……游離，游離。」

克里斯現在摸不到游離。

但是他可以拜託游離愛撫自己。

聽到克里斯沉浸於快感，還可以呼喚自己的游離舔了舔克里斯的眼角。隨著舌尖柔軟的觸感和熱氣，克里斯感覺到舒緩能量傳送過來。

這種感覺比壯陽藥帶來的快感還要強烈，因為舒緩能量可以讓痛苦轉換成快感，讓克里斯變得放蕩。

「你放鬆。」

游離一邊要求克里斯放鬆，一邊咬著耳朵品嘗血腥味。雖然游離的生殖器沒有很深入，但是衝撞進來的感覺還是讓克里斯喘不過氣來。

克里斯的腦中甚至還冒出如果自己被分成兩半，另一半是不是會跟自己搶奪游離這種無聊的想法。

身體的歡愉讓克里斯幾乎要承受不住，雖然認為自己應該要離開游離，但是如果游離抓住了自己，那他應該會假裝無法抵抗。

克里斯一邊在心裡取笑自己隱藏起來的自私，一邊又沉浸在游離製造的快感中。

「咳哼，呃，哼呃，呃嗯！」

劇痛和快感兩種感受不斷交錯，讓克里斯的心情異常激動。游離粗魯的動作讓劇烈搖晃的克里斯感到呼吸困難，這不是因為他的身體承受不住，而是快感讓克里斯的神志不清無法好好思考。

游離粗暴的動作讓克里斯像玩盪鞦韆一樣，時而感到恍惚時而清醒。游離非常粗魯，動作也很不熟練，但是這反而讓克里斯更加神魂顛倒。

舒緩能量從兩人互相接觸的肌膚源源不絕地傳送過來。

「好舒服，啊！啊！游離，你可以再粗暴一點，唔！」

儘管克里斯雙腿很痠痛，但是身上的快感卻點燃了欲望。他不希望游離停下來，就算游離吸光自己的精力也無所謂。

「哈啊，你還真麻煩，嗯？既然你這麼喜歡這種感覺，幹嘛還要讓人這麼操心？」

「游離，那是因為……！」

「嗯，你以為你一直逃跑我就會放過你嗎？」

「不、不是，不是那樣……游離，那個！啊、啊……！」

克里斯的呼吸非常粗重，從後方傳來的衝撞感讓跪在床上的克里斯雙腿微微顫抖。但游離不會因為這樣就放過克里斯，畢竟他沒有因為這樣而抽打克里斯的屁股已經算是很好了。

克里斯不想讓游離感到失望，但是他更害怕自己沒有維持姿勢而讓游離更殘酷地對待自己。這種感覺不是擔心或恐懼，反而是帶著些微的期待。

只要是游離給予的，不管是什麼克里斯都全盤接受，反正就算被徹底摧毀，游離也不會放過克里斯。

游離搖晃著自己的腰部，同時也聽到受到自己撞擊的臀部傳來啪啪啪的聲音。

克里斯臉色一陣白一陣紅地啜泣，並下定決心要製造更多無法償還的債務。

「我應該沒有教過你要怎麼讓我心煩意亂啊！」

游離舔著克里斯脹紅到快哭出來的臉頰，然後咬住嘴唇。

游離覺得克里斯就像混合奶油做成的焦糖一樣甜美，游離一直以來都覺得和別人接觸是一件非常痛苦的事情，從來沒有想過自己會感受到快感。

但是當游離看著倒在自己懷中哭泣的男人，卻感到非常滿足。

這個男人是自己的，絕對不能讓給任何人。

游離把自己的生殖器深深地插入克里斯的身體內，並咬住對方的肩膀。游離想到自己可以咬遍克里斯的全身，不放過任何一處，就覺得心情非常愉悅。

每當克里斯的下體發出抽插聲，他就會跟著發出淫蕩的呻吟聲。

「嗯，咳呃，哼……！」

慢慢湧上來的愉悅感似乎沒有盡頭，再交織著舒緩課程帶給身體的快感，即使克里斯被粗暴地對待，依然覺得快樂到很想哭。

游離雙手環抱著克里斯，並親吻著他的額頭。生殖器被包圍住的感覺和懷中克里斯結實的身體讓游離感到非常滿足。

游離都忘了自己差點感受不到這種滿足感。

也差點永遠得不到這種感覺。

「你以後……沒有我的允許再也不能離開我。」

游離咬著牙低聲說道。

「永遠都不能。」

克里斯沒有回答，而是緊緊抱住游離。

☆☆☆

男人低頭看著杰伊，黑暗虁罩住對方的半張臉，但是杰伊卻感覺到這個男人非常殘忍。

現在不管杰伊找來多厲害的律師，都沒有辦法改變自己的判決。

「我給你兩種選擇。」

男人慢條斯理的說出那兩種選擇，但卻其中沒有杰伊想選的答案。

「第一種是變身成羅森豪爾的樣子，代替他吃牢飯。」

代替羅森豪爾吃牢飯？

「不然就是現在用你原本的樣子死在這裡。」

杰伊咬牙切齒地看著眼前的男人。

黑手黨的游離·索伯烈夫親自站在這裡威脅杰伊。

從實驗室的備份資料，到保管備份資料的場所，極光所有一切都被暴露出來。杰伊知道的事情全部被揭露，原以為自己只能等待死亡，沒想到現在又出現新的威脅。

代替羅森豪爾吃牢飯，就算杰伊不太懂法律，也知道刑期大概會有三百四十四年。表面上看起來是保住小命，但實際上是要自己在監獄裡過著生不如死的生活。

但是不選這條路就是死路一條。

杰伊在做決定之前必須要好好考慮清楚。

「你為什麼要給我這兩個選擇？」

杰伊為了拖延時間問游離，但是游離卻冷冷地回答道。

「我沒有必要跟你解釋。」

游離小聲說道。

「二選一應該是一件很簡單的事情。」

如果杰伊再猶豫不決，游離可能就會幫他決定了。

杰伊放棄掙扎，如果死在這裡的話一切就結束了，但是保住性命的話，說不定還有其他機會。

「我代替他入獄的話，你真的會放過我嗎？你應該不會派人進監獄暗殺我吧？」

杰伊觀察著臉色問道，游離點點頭。

「我答應你。」

游離反常地笑了笑，杰伊卻害怕地發抖起來。

杰伊答應游離這件事後過了幾天，那輛奧斯頓．馬丁經典款開到十一月大洲上的一棟廢棄別墅。充當司機的羅建把車開到這裡後，幫游離打開門就低著頭退後一步。

游離慢慢地走到後車廂前面站著。

游離打開後車廂，關在裡面的生物就因為光線而扭了扭身體。

「好久不見。」

聽到游離低聲的問候，後車廂裡的人身體一僵，因為那個人從來沒想過會再次聽見這個聲音。

「雖然我的狗已經把事情處理好了，但是還有幾件事讓我有點在意，所以我就來找你了。」

游離冰冷的臉孔上不帶有一絲笑意。

只要游離開口，羅森豪爾什麼都可以做到，即使要羅森豪爾去親吻游離過世父母的屍體，他也會照做的。

但是游離說出的話卻讓羅森豪爾感到非常意外。

「你帶走別人的狗，還讓他養成了壞習慣。」

狗？什麼狗？

羅森豪爾不懂克里斯在說什麼。在羅森豪爾心中丹尼爾計畫是一個失敗的計畫，游離也不是一個會插手他人閒事的人。

游離如果說自己要替父母報仇，羅森豪爾還比較可以理解。

「乾爹。」

游離的呼喚讓羅森豪爾起了雞皮疙瘩。

「你不用擔心你的老年生活，身為乾兒子我一定會對你負責的。」

游離關上後車廂的門，黑暗壟罩了羅森豪爾的身體。

在黑暗完全壟罩下來之前，羅森豪爾臉上那道光線，是他這輩子最後一次見到的陽光。

Fin Final Chapter

送花的男人

S e l f - D e s t r u c t i v e   l o v e

一位外表迷人的金髮男子懷裡抱著一束用報紙包著的黃色小蒼蘭走在路上。在這麼寒冷的天氣裡，男人只穿著一件薄大衣，但他看起來神采飛揚，似乎不覺得這裡是冬天。

包著花束的報紙上寫著〈震驚！羅森豪爾的衰敗！〉、〈極光的幕後主使者到底是誰〉、〈十一月大洲解除封鎖令〉等標題。

男人經過了「唐約翰的雜貨店」，然後再走過「布朗的家具店」和「楊夫人的精品店」。而在「雷諾理髮店」裡面邊等待邊聊天的顧客們，看到彷彿從海報中走出來的俊美男人捧著一束花經過，紛紛在猜測他要去見的情人到底是個什麼樣的人。

男人最後在「木蓮二手書店」前面停下腳步。

男人站在玻璃窗前看著書店裡面，正確地來說是看著書店內的男人。

書店內的男人戴著白手套、指尖在書架間穿梭、手腕隱隱約約地露出來、肩膀到脖子的線條非常優美、還有一雙隱藏在眼鏡之後的紫色眼睛。

持花的男人深吸一口氣推開門，門後響起一陣鈴聲，代表著有客人進來書店，游離抬頭看了一眼克里斯帶來的花。

克里斯一臉期待地看著游離，游離也沒有讓克里斯失望，露出了開朗的表情。

「我這裡不能放花瓶，因為花瓶的水會讓空氣潮溼。」

「真可惜，我一看到小蒼蘭就想到你，所以才帶過來的。」

克里斯摸一摸包著花束的報紙，游離冷淡地看著那束小巧可愛的花。

雖然游離不知道自己跟這束花有什麼關聯，但是這條狗的情緒本來就有點捉摸不定。如果不好好照顧這條狗的情緒，不知道牠又會發什麼神經。

「我們把花帶回家吧！」

聽到「家」這個字，克里斯隱藏在頭髮下的耳朵似乎動了一動。游離開始關店，並想著下次應該可以幫克里斯戴上狗耳朵的髮箍。

一走出書店，抱著花的克里斯就小心翼翼地伸出手，游離毫不猶豫地牽住克里斯的手。雖然路人可能會對著他們竊竊私語，但是游離和克里斯卻絲毫不在乎別人的想法。

他們並肩而行，身後的木蓮二手書店的鐵門像是有魔法般地自動降落，門鎖也像變魔術般地喀嚓一聲自動鎖上，並目送著這一對戀人回家。

那是一個寧靜的十一月大洲夜晚。

——《自我毀滅的愛03 完》

SP Special Chapter

游離

Self Destructive love

雪花窸窸窣窣地飄落，游離被綑綁著在地上拖行。

數不清幾天沒吃東西了？一天？兩天？還是三天？

游離試著對羅森豪爾實行反舒緩課程。

他很後悔自己沒有殺掉那個明目張膽宣稱要在自己成年時擁有自己的噁心老人。

游離閉上眼睛，又想起羅森豪爾擔任自己監護人的時光。

原本和睦的家庭瞬間分崩離析，某天出門上班的父母就再也沒有回家，而一位身穿黑衣的男人，找到游離並抱著他哭泣。

雖然年紀還小，但聰明的游離徹底了解父母再也回不來的事實。

父母被反異能者聯盟殺害後，游離的靠山只剩下羅森豪爾。

羅森豪爾是舊時代貴族的血脈，他一點都不關心游離所繼承到的財產。他只希望游離變成一位好人，並答應提供他完善的保護與正當的教育。

游離第一次見到羅森豪爾時，真的覺得他是個完美的監護人。

就如同游離的父母一樣，拿出測量儀器的羅森豪爾，一發現游離的舒緩能量強到測量器損壞時，他只是默默地修理好機器，然後從此游離只能在沒有異能者的學校上課。

下課後，游離總是馬上回家。因為他很喜歡閱讀書籍，加上父母過世後，感覺待在充滿著父母痕跡的家最安全。

有一天，游離跟班上同學們一起玩球。以前游離很討厭在塵土中揮汗奔跑，現在不同了，因為在揮灑汗水的時候，游離才能暫時遺忘對父母的思念。所以游離每天都跟同學們一起在足球場奔跑。

在連續一個星期都晚回家後，羅森豪爾顯得很不高興。

「你最好不要再和那些粗魯的同學們來往。」

雖然游離表面上說知道了，還是會去找那些同學們。游離不是為了要反抗羅森豪爾，而是想跟同學們做最後的道別。但游離卻再也沒見到那些和自己玩球的同學們了。

游離大概是那個時候感覺到的。

好像有哪裡怪怪的。

羅森豪爾控制游離的行為，包括穿著打扮，甚至是飲食。羅森豪爾聲稱調整游離的食譜是為了預防父母的遺傳病，但其實羅森豪爾只是想要讓游離長成一個纖纖美人。

「如果他長成一個黝黑的男孩就糟糕了，他現在也已經比其他同年孩子還要高了……」

游離趁別人不注意溜進廚房偷吃餅乾時，聽到羅森豪爾對營養管理師下的命令，心臟不禁噗通噗通快速地跳著。

「如果他是女孩就好了。」

羅森豪爾邊說邊舔了一下嘴唇，游離摀住嘴巴躲著一旁，等著羅森豪爾離開。

等到廚房都沒人後，走出來的游離下定決心。

一定要趕快離開這裡。

羅森豪爾心中的意圖慢慢地顯露出來，他討厭游離與他人交往，尤其是成年人。

「他們都是為了你父母的財產和研究資料才接近你的。」

羅森豪爾說這些話時，就像是一面鏡子映照出自己的內心，他把游離這名舒緩者藏起來，只是為了一個人獨占他。

隨著羅森豪爾掌控的部分越來越多，游離越感到喘不過氣。年少的游離想要解脫，所以偷偷打聽了寄宿學校，卻還是無法逃離羅森豪爾的監視。

因為到處都在流傳游離要去寄宿學校的消息，所以羅森豪爾只好默默答應游離入學。但不久後，就發生未成年舒緩者被綁架的事件，接著羅森豪爾又把游離叫過來。

「為了你的安全起見，你還是在家上學比較好。」

在游離答應之前，羅森豪爾已經先通知學校游離不會再去上課，也選好了家教老師。

因為羅森豪爾喜歡白皙的皮膚，所以嚴厲禁止游離從事戶外活動。羅森豪爾請來的醫生診斷出游離對陽光過敏，所以他也不能隨心所欲地奔跑，羅森豪爾認為流汗的運動都很野蠻，所以用容易受傷為藉口禁止游離運動。

羅森豪爾用保護摯友所留下的孩子作為藉口，依照自己的想法馴養游離。

「我希望你早日長大成人，幫我做事，異能者不能沒有舒緩者。」

「聯盟不是有很多舒緩者在幫你嗎？」

「但他們不會提供這種幫助。」

羅森豪爾握住游離的手低聲說道，光肌膚接觸就能感受到舒緩者的能量，羅森豪爾迷上了這種新奇的恍惚感。但游離卻覺得胃在翻攪，游離很想從那雙閃著欲望的眼神以及抓住自己不放的熱氣中逃脫。

但沒有人會解救他。

一切在羅森豪爾的掌控之下。

「請你不要這樣。」

游離把手抽走說道。

「我不想成為乾爹的舒緩者，我已經申請學校了，我想要完成學業並繼承我父母的研究。」

當時游離認為自己堅決拒絕的話，羅爾豪森就無法再繼續下去。

因為游離的父母是這樣教導他的。

然而那卻是天大的誤會。

在家上學讓游離變得比較鬆懈，但另一方面卻被更嚴密的監視。即使在家，也沒有辦法離開守衛一步，外出時也需要一一向羅森豪爾報告。聽到幫助自己提交申請書的家教被羅森豪爾解雇時，游離再也不想忍耐了。

他下定決心一定要離開這個家。

游離只拿了必需品放入背包裡，雖然圍牆很高，但年紀漸長且身型修長的游離有信心可以翻越高牆。

月黑風高時，游離趁守衛換班時逃了出去。他沿著事先準備好的窗簾滑到地上，接著毫不猶豫地朝著最靠近道路的圍牆跑去。

然而在翻越圍牆的瞬間，花園裡盛開玫瑰藤蔓卻如蛇一般地追趕游離，當游離意識到的時候，腳已經被藤蔓絆住了。

「哎呀，都已經過了青春期還想夜遊。」

羅森豪爾嚴厲地說道。

「你真讓我愧對你的父母。」

濃郁的玫瑰香氣充斥著四周。

「拜託你放了我，我要離開這裡。」

游離堅決地說道。

「如果你是要去學校的話，你的入學申請書已經被取消了。」

「你為什麼要這樣對我？！」

對於游離充滿怒氣的質問，羅森豪爾回道。

「我只不過是希望你在安全的地方過得幸福而已。」

「我不需要監護人，也不需要乾爹的保護。」

「脫離了我的保護，你還能做些什麼？」

這質問讓游離委屈到說不出話，他在羅森豪爾的手下毫無反抗之力地長大了。

「在呵護下長大的少爺又或者應該稱你舒緩者？如果你情願被拖到巷子裡賣掉的話，我也不會阻止你。」

羅森豪爾裝出和藹可親的樣子，補充說道。

「但是，如果我把你買回來的話，我們的關係就不再是乾爹和乾兒子，而是主人與奴隸。」

「卑鄙小人。」

游離吐了一口口水之後，羅森豪爾臉上的笑容逐漸消失，他慢慢地走近游離，並打了游離一巴掌。

「有其父必有其子，你遺傳到他們的假清高。」

游離聽到這句話，震驚得不停顫抖。

「你父母也是這樣，一副追求真正的理想的樣子，他們太過矯情了。」羅森豪爾在游離面前，嚴詞譴責那已經不在世上的父母。

「那兩個傻瓜根本不知道，如果開發舒緩藥物，可以掌握住多少異能者！他們說什麼要用那種藥物來治療PTSD，他們想要幫助無法戰勝精神病的弱者在這場戰爭中活下來，根本是非常愚蠢的念頭。我跟他們要樣品的時候，竟然跟我說藥有致命的缺陷還不能給我。」

游離的父母當時還表示浪費異能者聯盟的預算也是沒辦法的事。

「就算他們手裡有像你這樣的寶物，也只會說要為了人類的共榮這種廢話。我因為匹配率太低導致舒緩能量不足而陷入痛苦時，他們竟然完全沒有安慰我……你父母是自作自受，這都是他們的錯。」

「你在說什麼？什麼叫是我父母自找的？」

羅爾豪森默默地笑了。

雖然月光美化了羅森豪爾扭曲的表情，但游離眼前的羅森豪爾，再也不是一位紳士而是一頭怪物。

游離本能地認為，父母的死與異能者聯盟無關，而是羅森豪爾做的。

「怎麼可以！你怎麼可以……這樣對我的父母！你不是說你們是朋友……我這麼相信

你，你為什麼要這樣？」

「他們只會做白日夢而已，異能者變弱的話只會被獵殺，他們連這件事都不知道，卻每件事都要阻擋我。」

羅森豪爾大吼著說道。

「異能者是天選的存在，在這逐漸凋零的時代，我們被賦予強大的力量來保護人類並引導人類。但你知道這一點點小小的缺陷會讓多少異能者死亡嗎?你這種乳臭未乾的小子能想像人類是怎麼殺死異能者的嗎？」

塵封已久的過去在羅森豪爾眼中徘徊不止，那天的血腥味似乎依然在他鼻中縈繞，他伸出手揮了揮鼻子。

「我真不知道你怎麼會相信我，你父母死了之後，你以為我會保護你嗎?不，那只是你的幻想而已。」

羅森豪爾養的玫瑰藤蔓爬上游離的手腕，被刺傷的手不停地流血，羅森豪爾用舌頭舔了一下游離的傷口。

「好甜。真的好甜。」

不是血很甜，而是因為舒緩能量的關係，羅森豪爾貪婪地品味著游離的血並喃喃地說道。

「再過幾天就是你的生日了，你終於要成年了，你終於要成為世上最美的存在。」

那瞬間厭惡與輕蔑的情緒讓游離腦中一片空白，憤怒、悲傷、委屈與恐懼完全侵占游離的心頭。

「滾……開……！」

不知道為什麼，游離的舒緩能量爆發了，但完全沒有人知道那會造成什麼樣的後果。

「呃啊……啊……！啊啊啊！」

羅森豪爾發出了尖叫聲，那叫聲就像要撕裂天空似的，同時羅森豪爾也感覺到游離正在變異。羅森豪爾急忙放開游離，但他已經四肢顫抖地倒在了地上。

這一切都被游離清楚地看在眼裡，他的眼中閃過一絲冷漠。

就在纏繞住自己的藤蔓失去力量時，游離馬上伸手扯斷。他絲毫不在意荊棘已經刺入自己的皮膚，原本被藤蔓固定在牆上的游離落到地上後，慢慢地爬到羅森豪爾的身上。他抓住正在痛苦中掙扎的羅森豪爾，緊緊掐住他的脖子並開始詛咒他。

「去死，去死！你去死吧！」

游離的雙手不停地顫抖，那是羅森豪爾口中少爺珍貴的雙手。

他在毫不知情的情況下，成為殺父仇人手下長大的溫室花朵。

掐住羅森豪爾脖子的手感受到羅森豪爾的脈搏與呼吸都越來越微弱。

快了，再過一下就可以成功報仇了……

然而上天並沒有眷顧游離。

「在這裡！」

「快抓住少爺！」

花園角落的聲響引來了警衛，游離被拉離羅森豪爾的身邊並被警衛制服，瀕死的男人經過急救後又重新開始呼吸。

游離冷漠地看著那男人重新恢復了呼吸。

游離一直瞪著羅森豪爾，接著被關進某間房間裡，在羅森豪爾恢復意識前游離一直被囚禁著。

清醒後的羅森豪爾做的第一件事，就是把游離從禁閉室帶到地下室囚禁。游離根本不知道自己家裡有這種地方，不禁露出苦笑。然後在游離拒絕進食時按照三餐送來的食物，也在羅森豪爾醒來之後立刻停止供應。

游離真沒想到乾爹竟然如此卑鄙，不過仔細想想游離的確對羅森豪爾一無所知。

如果游離的父母告訴游離這世界有多麼美好的話，那麼羅森豪爾就是讓游離醒悟，看見世界上最糟糕的一面。當游離以為已經到谷底時，總有更深的谷底等著他。

羅森豪爾挪動身體時，就馬上了解所有的狀況。

游離用逆舒緩能量讓羅森豪爾陷入半身不遂的狀態，完全顛覆了一直以來，大家所熟知舒緩能量對異能者有益的常識。

因為游離知道羅森豪爾不是個慈悲的人，所以游離認為自己很有可能就這樣痛苦地死去。羅森豪爾不可能再冒險跟游離接觸，他沒有傻到想再承受一次逆舒緩現象的風險。

羅森豪爾討厭冒險，希望一切都在他的掌控下。像游離這種變數太多的舒緩者，在羅森豪爾眼睛已經不是寶物，而是個眼中釘。

雖然游離已經猜測到自己會被棄之不顧，但他並不畏懼死亡，只是不甘心沒有殺死羅森豪爾。

羅森豪爾一定濫用了父母的研究資料，那些知識與資本落到那種人手上，只會成為災難的源頭。

「我必須要殺了他。」

這是游離唯一的遺憾，因為游離從來沒有殺過人，所以上一次不知道需要使用多大的力氣。游離知道自己沒有在警衛趕來之前殺死羅森豪爾這件事，將會成為他終身的遺憾。

被困在地下室的游離，除了反思過去以外什麼都做不了。游離不斷地深入自己的內心時，有一個警衛打開地下室的門走了進來，警衛打開手機後，出現了羅森豪爾的影像。

哈。

游離嘴角揚起一抹冷笑。

因為他知道羅森豪爾為什麼要借別人之手，出現在自己面前。

「你看起來還不錯嘛！」

雖然羅森豪爾裝得很從容，但聲音裡還是透露出隱藏不住的憎恨。他的表情看起來有些不自然，身體也一動都不動。

羅森豪爾似乎不想讓游離知道自己的身體出現問題，羅森豪爾應該動員了全聯盟的治癒系異能者幫自己治療，但也只能復原到這種程度而已。

真是太讓人開心了。

「你是想要『親自』過來處置我嗎？」

雖然羅森豪爾聽出來游離話中有話，但還是維持一副悠然自得的樣子。

「嗯，我認為直接告訴你比較好。」

羅森豪爾露出牙齒笑得有些詭異。

「你的能力讓我非常驚訝，我無法控制，所以我應該要殺了你才對，但是這樣會浪費掉寶貴的資源，所以我花了幾天觀察你。」

羅森豪爾像一條蛇一樣吐了吐舌頭。

「你的能力無法用在進入地下室裡的下人身上對吧？」

游離依然面無表情，但是羅森豪爾已經下了結論。

「如果你的能力可以對付他們的話，在我昏迷的時候，你應該已經打倒他們逃跑了……把你關到地下室之後，我才發現這件事。」

停止供應三餐不是因為羅森豪爾想要洩憤，而是想觀察游離。游離有可能會搶走送食物的人身上的鑰匙逃走，所以才斷絕了游離與外部的任何接觸。

「我想用你當種馬來做實驗，用你這種擁有優秀基因的人做實驗的話，應該會有意想不到的結果。」

「種馬」、「優秀基因」、「實驗」……

每個字都令游離作噁。

「這麼看來，還好你是男的，如果是女的，效率反而會變低……」

儘管游離努力忍耐，還是感到一陣反胃。雖然游離知道表現出反胃的樣子會對自己不利，但游離實在是忍不住了。

生性敏感的游離很厭惡與他人有肢體上的接觸，就算游離把羅森豪爾當作乾爹尊敬時，也依然對羅森豪爾的觸碰感到不悅。

「反正你厭惡男人，說不定對你來說是件好事。」

非常了解游離的羅森豪爾用變態的聲音滿足地說道。

「我還擔心我乾兒子的未來，我真的是很好的乾爹呢，你說是嗎？」

伴隨著噁心的嘻笑聲，訊號斷了影像也沒了，胃裡空無一物只能吐出胃液的游離，搖晃地靠著牆跌坐在地上。

在羅森豪爾實行計畫之前，羅森豪爾發現游離有了新的用途。

「跟我走吧。」

游離被強行拖出地下室，因為試圖自殘，所以他的雙手被牢牢綁住，額頭也有乾涸的血跡，但帶走他的武裝士兵卻一點都不在乎。

被拖著走的游離，因為好幾天都沒看到陽光而感到有點刺眼，一時間無法看清周邊環境。但是耳邊卻傳來咚咚咚咚螺旋槳的聲音。

『直升機？』

游離睜開眼睛隱約看到停在花園裡的直升機。

「羅森豪爾呢？」

「老闆命令我們執行任務。」

任務？命令？

游離沒辦法理解現在的情況，但是坐上直升機後，聽到軍人們用無線對講機通話的內容，游離得知自己會被帶去哪裡。

游離現在正在前往異能者的失控現場。

羅森豪爾的算計非常顯而易見。

『他盤算著如果我不想死的話，就會制服那些異能者。』

失控的異能者似乎對羅森豪爾來說是非常寶貴的資源，又或者是羅森豪爾無法擊敗的強大力量。

『也有可能兩者皆是。』

游離還記得羅森豪爾最後的表情，他的臉充滿驚愕，似乎是無法接受自己精心培養的舒緩者只用一招就打敗自己的事實。同時，羅森豪爾的確非常懼怕游離。

就連要讓游離赴死，羅森豪爾都不敢自己出面。

『這點勝利感就能讓他感到滿足嗎？』

游離無法擺脫自己成為敗犬的念頭，但是武裝軍人根本不給游離機會逃走，就算成功逃走，他也沒有可以打敗羅森豪爾的方法。

游離從父母那邊繼承的一切，全都落入羅森豪爾的手中。就算時間莫名其妙流逝，游離長大成人，依然會被羅森豪爾控制，變成鎮壓異能者而投入的毒藥。

「距離目的地還有十五英里，在十英里的時候我會放下誘餌然後離開。」

「……剩五英里的時候再放人。」

羅森豪爾模糊的聲音透過無線對講機傳來。

「那樣我們可能會被失控的能量捲進去。」

「你是不想聽我的話嗎？你現在是因為我被反異能者聯盟襲擊而半身不遂，所以歧視我嗎？」

「不是的，我會聽從您的指示。」

「不要讓我失望。」

無線電斷了，螺旋槳旋轉時的噪音像巨響般充斥著壓抑又寂靜的機內。

游離面無表情地凝視著正前方。

這些軍人們不會幫助游離，他們問都不問就將自己從地下室拖出來。他們甚至知道羅森豪爾是游離的乾爹，也知道游離才成年沒多久，但他們還是打算把他扔在失控的異能者前面。

此刻除了犧牲品之外，還有其他形容詞可以形容游離嗎？

游離站在選擇的交叉口。

到底要試圖使用根本不知道如何成功的反舒緩能量活下來報仇；還是就這樣恥辱地死去呢？

游離從直升機被垂放下來的時候，笑得像個神經病一樣，雖然有些人害怕地顫抖，卻沒有人停下動作。

寒風像是要劃破臉頰一般強烈。小時候，游離在接收像柳絮般柔軟的晚安吻時，曾經天真地以為自己永遠都會如此安穩地睡著。

現在游離面對的只有寒冷與引擎的燃燒味，還有風雪冷颼颼的氣息。

「目標接近中！目標接近中！」

大約剩下五英里時，那些垂放游離的軍人在無線對講機的另一端發出了慘叫聲，聽起來像是搞不清楚狀況而陷入恐慌時發出的聲音。

伴隨著喀嚓聲，好像有什麼東西斷裂了，攀爬在梯子上的軍人沒抓好游離，讓他墜落在雪堆上。

嘰嘰嘰——嘰，嘰！

丟下游離後離開的直升機尾巴被扭彎，螺旋槳旋轉的聲音漸漸停止，此時耳邊充滿了軍人們的慘叫聲。

哐噹，喀嚓。

變形的直升機就像一個扭曲的鐵塊飛向了遠方，游離環顧四周尋找擁有這種力量的異能者。

雪地中央，有一個男人站在那裡。儘管刺骨的寒風肆虐，但男人的金髮卻絲毫沒有飄動，在這麼寒冷的天氣中男人只穿著薄上衣和短褲，並打著赤腳站著。

男人俊美的長相，讓他看起來好像是散步時走錯路的人，但是他那像天空一樣蔚藍的眼睛卻無比空洞。

讓四周氣壓變得非常沉重的巨石在男人的周邊盤旋。

『他的能力範圍只在有下雪的地方使用嗎？』

白雪就像是在回應異能者的力量，盤旋在男人的四周。不對，那不是「下」雪。

『雪……現在是從地上往上飛嗎……？』

游離開始懷疑起自己的眼睛，因為雪花正往天空上飛，而不是往地上飄。

完全違反物力定律的雪花，還有像孩子手中的泥巴一般被捏成鐵塊的直升機。

男人是使用念力的異能者。

因為直升機發出的巨響加上機身龐大，所以很快就被男人察覺了。

如果游離現在逃跑的話，說不定還有活下去的機會。

『但是外圍應該已經設下防護網。』

異能者聯盟付出巨大的努力，才勉強穩定下來的民心，有可能因為失控異能者的出現再度陷入混亂。依然有很多無辜的人因為異能者失控而喪生，這些悲劇也都發生在近期。

就算是犧牲生命，游離也要阻止這件事發生。游離不可能逃離這森嚴的防護網。

但也不能就此放棄！

游離已經猜到羅森豪爾想要什麼，但是游離卻一點都不想要照著羅森豪爾的意思做，想到那些被欺騙的日子，游離便決定要全數奉還。

雖然只有兩隻手被綁住，但游離卻沒有逃跑，他抬起頭看著那令人毛骨悚然又美麗的怪物。

「你也跟我一樣。」

游離小聲地說道。

「對吧？」

被羅森豪爾利用的人生。

游離邁出腳步，他沒有穿著保護裝備也沒有槍，看起來就像是走向巨龍口中的弱小犧牲品。

從地面向上飛舞的雪花在一瞬間完全靜止了。

散射的光線包圍著雪的結晶體，這是種奇特的經歷，就像是被困在雪白世界的感覺。

游離走到寂靜的暴風眼之中。

異能者空洞且蔚藍的眼睛並沒有察覺到面前的游離，當游離靠近他時，四周又再次颳起了狂風。與之前不同的是，一碰到這道狂風，肌膚就會皮開肉綻，血液也會一滴一滴地流出。

在雪地上染上花瓣盛開的痕跡。

游離為了發揮出體內的舒緩能量，就算上衣都被撕裂，肌膚也皮開肉綻，依然進入了暴風中心。正在對付逃跑人們的異能者根本無法阻止游離，不，是沒有阻止他。

就在游離和男人肌膚觸碰的瞬間。

「……啊！」

男人的右眼流下了一滴淚，那滴淚快速地結冰且發出閃耀的光芒，就像鏡子的碎片一樣。

游離永遠都會記住這一瞬間。

男人過去人生的片段瞬間湧上心頭，湛藍的眼睛閃耀著光芒，原本空洞的視線中現在充滿著游離。

男人倒在地上，他跪著將臉頰靠近游離被綁住的雙手。

喀嚓，拴住游離雙手的手銬斷掉了，游離沒有阻止拚命吸取自己舒緩能量的克里斯，反而輕聲說道。

「帶我離開這裡。」

☆☆☆

「我想知道妳能力的副作用是什麼。」

游離開口說話。

「上次克里斯變成野狼四處遊蕩時，我殺死過他一次，但是他又復活了，這種「復活」有副作用嗎？」

「沒有副作用。只是我賦予他的能力消失而已」

阿納斯塔西亞因為失去了自己很滿意的能力，忿恨不平的說道。

「表示那對克里斯沒有太大的問題，那就好。」

「對我來說有問題，我有問題。」

「妳竟然只打算出借一兩年狼皮來欺騙純真的孩子。」

「不管怎樣我都不打算妥協。」

現在自稱是娜絲琴卡的女人睜著血紅的眼睛說道。

「我們的交易很公平，根本不需要別人介入。」

「是啊，那傻瓜為了偷襲羅森豪爾，竟然跟魔女談交易。」

游離嗤之以鼻地說道。

克里斯比聚集在白夜的那些怪人還要奇怪。

「他根本不認為這種忠誠需要得到回報。」

游離用嘴把手套脫下並劃了一下火柴，啪嗒一聲，木頭燃燒的氣味升起時，火花也點燃了雪茄，游離吹熄火柴後把雪茄叼在口中說道。

「如果他不是在出生在嘲諷名譽與神的時代，他應該可以過得更好一點。」

那樣克里斯應該會被稱為騎士，而不是被當成獵犬。

但是能怎麼辦呢?克里斯剛好生於這種時代，輕視名譽、嘲笑信義的冬季大洲上。

游離用盡全身力氣摧毀了克里斯，就只是為了將他留在身邊，為了延長那未知又不值一提的盲目時日。

從某一層面來說，游離沒有破壞克里斯的本質。游離的狗愚蠢到明知道無法其他舒緩者無法滿足自己，也不回到游離身邊。

「所以這才符合妳提出的條件，什麼一半的壽命?」

游離輕哼了一聲。

「妳少來了，他的人生是我的，妳這半路突然殺出的程咬金。」

阿納斯塔西亞蔚藍的眼睛瞪著游離。

「交易就是交易，沒有辦法反悔的。」

除了克里斯外，那女人的蔚藍色眼睛中，到底奪走過多少人的生命?

「妳確定嗎?」

游離咧嘴一笑並抓住阿納斯塔西亞的手腕，當她想避開時已經來不及了。阿納斯塔西亞被游離拉過去，當她感受到注入體內的舒緩能量不禁睜大雙眼喘氣。這個感覺和她至今吞噬異能者或是人類的生命力不同，也與之前遇過的舒緩能量不同。

那不是緩緩的小溪，也不是悠悠流動的河流，而像是襲來的滔天巨浪，也像是能夠摧毀一整年收穫的狂風暴雨。

阿納斯塔西亞覺得好像自己是被困在乾涸海裡的魚。

「就算妳自稱魔女裝神弄鬼，但妳的本質也不過是這樣。」

游離開口說道。

「一名普通的異能者。」

阿納斯塔西亞用自稱為「轉世」的能力，奪取他人的生命來延長自己的生命，所以阿納斯塔西亞並不需要舒緩能量，說穿了阿納斯塔西亞也只是貪圖其他異能者擁有的能力而已。

她氣息微弱地說。

「停下來，求求你，停下來……！」

阿納斯塔西亞沒想到事情會這樣，所謂的舒緩課程會是這麼高壓又粗暴。

對長期缺乏舒緩能量的阿納斯塔西亞來說，這個感受過於強烈。阿納斯塔西亞心如死灰、精神也崩潰了。她本能地感受到，如果游離繼續使用舒緩課程的話，她將無法以自己的方式生活下去。

然而如同惡鬼般抓住阿納斯塔西亞的手一動也不動。

「我無法逃脫……！」

不，還是說根本不想逃脫？

紅色的淚水流過老奸巨猾魔女光滑的臉頰，游離強制將舒緩能量注入她的體內後，慢慢地形成逆流。

血液從四肢末端逆流而上，心臟好像在腦海裡跳動般，咚！咚！地在作響。

阿納斯塔西亞倒立一個小時也安然無恙的身體，第一次被外力控制住，讓她驚嚇到根本無法呼吸。

「要我放妳一命嗎？」

游離用親切的口吻問道，殺人不眨眼的男人還假裝善良的樣子，令人感到作嘔及害怕。

奪走別人生命的阿納斯塔西亞，從來沒有被逼到這樣的絕境。就連讓大家瑟瑟發抖唯恐避之不及的克里斯·丹尼爾也向阿納斯塔西亞伸出援手不是嗎？阿納斯塔西亞在那一瞬間，非常看不起那條被稱為十一月大洲看門犬的狗。

甚至也看不起那條狗的主人。

「救、救救我……」

阿納斯塔西亞羞愧地咬牙切齒並低下頭。

「那我們就這樣訂下契約囉！」

游離像蓋章似的，抓著阿納斯塔西亞的手，用她的手心捻熄雪茄。即使痛苦讓阿納斯塔西亞倒抽一口氣，但她卻沒有抽出被游離抓住的手。

不是游離不肯鬆手，而是因為阿納斯塔西亞本身想承受這樣的痛苦。

因為肉體接觸能夠接收到舒緩能量。

游離的舒緩能量安撫著阿納斯塔西亞內心，彷彿游離不曾摧毀阿納斯塔西亞似的，幫她減緩了所有的痛苦。

「可恨的……」

阿納斯塔西亞氣喘吁吁。

「可恨的主僕關係。」

「謝謝妳的稱讚。」

游離站起來往門口走去。

游離喜歡研究人類的過去，他喜歡老東西，也藉此不斷地研究人類的習慣。

因為不這樣做游離就無法理解他們的底線和他們的恐懼。

「我會讓妳見克里斯一面，那時妳就把從他身上奪走的東西還給他。」

游離耳邊傳來阿納斯塔西亞神經質的笑聲。游離認為克里斯根本不需要知道這些，就像游離已經殺死了住在克里斯隔壁的跟蹤狂這種小事。

「我的狗真的很讓人操心，對吧？」

走出房間的游離從羅建那裡接過新的手套，並喃喃自語說道，黑髮的舒緩者則是默默地低下頭。

反正游離也不是想得到答案才說那句話的。

游離一步步往前走。

雖然游離獲得自由，卻永遠都沒辦法在陽光下行動。游離成為了黑夜的主人，無法活在父母描繪出的理想世界中。

儘管現實就是如此殘酷。

「我的狗，我的白色之夜。」

在白雪往上紛飛的夜晚，游離跨越了現實與非現實的界線。

在人們活著的現實世界中，對游離來說只有兩個人的情景。

只要能和自己心中的男人在一起的話，游離可以一直停留在這白夜之中。

——《自我毀滅的愛》全書完

高寶書版集團
gobooks.com.tw

CRS033
自我毀滅的愛 3
셀프 디스트럭티브 러브 3

作　　者　Nichtigall 夜鶯
譯　　者　翟云禾
封面繪圖　Junseo 峻曙
編　　輯　賴芯葳
美術編輯　彭裕芳
排　　版　彭立瑋
企　　劃　方慧娟

發 行 人　朱凱蕾
出　　版　朧月書版股份有限公司
　　　　　Hazy Moon Publishing Co., Ltd.
地　　址　臺北市內湖區洲子街 88 號 3 樓
網　　址　www.gobooks.com.tw
電　　話　(02) 27992788
電　　郵　readers@gobooks.com.tw（讀者服務部）
傳　　真　出版部　(02) 27990909　行銷部 (02) 27993088
郵政劃撥　19394552
戶　　名　英屬維京群島商高寶國際有限公司臺灣分公司
發　　行　英屬維京群島商高寶國際有限公司臺灣分公司
初版日期　2023年10月

國家圖書館出版品預行編目 (CIP) 資料

自我毀滅的愛 / 夜鶯作 ; 翟云禾譯 . -- 初版 . -- 臺北市 : 朧月書版股份有限公司出版 : 英屬維京群島商高寶國際有限公司台灣分公司發行 , 2023.10
面 ;　公分 . --

譯自 : 셀프 디스트럭티브 러브

ISBN 978-626-7362-08-2 (第 3 冊 : 平裝)

862.57　　112014345